Lache is gesund!

Lache is gesund!

Gereimtes und Ungereimtes aus den hessischen Mundartlandschaften

Herausgegeben von Eugen Ernst

Waldemar Kramer Frankfurt am Main

Dieses Buch ist erschienen mit Unterstützung von:
Land Hessen
Nassauische Sparkasse Wiesbaden
Lionsclub Usingen-Saalburg
Frankfurter Allianz Versicherungs AG
Mercedes Benz SL Club Pagode, Eschborn
Rühl AG, Chemische Fabrik, Friedrichsdorf
Basler Versicherung, Bad Homburg
Deutsche Städtereklame, Frankfurt

Die Deutsche Bibliothek – CIP-Einheitsaufnahme

Lache is gesund! : Gereimtes und Ungereimtes aus den hessischen Mundartlandschaften / hrsg. von Eugen Ernst. – Frankfurt am Main : Kramer, 1992
ISBN 3-7829-0411-7

Verlag Waldemar Kramer, Frankfurt am Main
ISBN 3-7829-0411-7

Zeichnungen: Eva Arzt, Usingen
Umschlagentwurf: Joachim Romann, Kronberg
Umschlagzeichnungen: Erika Christ, Homberg (Ohm)
Fotos: Archiv Hessenpark (Seite 3),
Peter Biundo (Seite 17), Bad Homburg
Gesamtherstellung: W. Kramer & Co. Druckerei-GmbH,
Frankfurt am Main

Inhalt

Odenwald, Bergstraße, Hessisches Ried, Darmstadt

Frankfurt am Main

Taunus, Wiesbaden, Westerwald, Hinterland

Wetterau, Vogelsberg, Kinzigtal

Oberhessische Anekdoten

Schwalm, Fuldaer Land, Kassel, Waldeck

Grußwort

Die Mundart in Hessen, die unterschiedlichen Dialekte in den Regionen unseres Landes, haben in den letzten Jahren wieder an Bedeutung gewonnen. Die Menschen reden wieder in der Mundart ihres Dorfes oder ihrer Stadt, die Dialekte – oft von Ort zu Ort verschieden – erleben seit einiger Zeit eine zuvor nicht gekannte Renaissance. Die Fülle der sprachlichen Eigenarten, die Vielfalt regionaler Besonderheiten, wie wir sie in allen Teilen Hessens erleben können, werden heute zunehmend als kulturelles Erbe wiederentdeckt. In der Literatur und in der Musik, im Alltag und in den Schulen wächst die Bereitschaft, sich in Mundart zu verständigen und den Dialekt als künstlerische Ausdrucksform zu nutzen.
Die Fülle der Mundarten dokumentiert die Vielfalt und die regionalen Eigenarten unseres Landes. Das vorliegende Buch tut das auf ganz besonders humorvolle Weise: Mit Anekdoten und spaßigen Gedichten aus allen hessischen Dialektlandschaften, vom Odenwald bis nach Nordhessen und vom Westerwald bis in die Rhön. Durch die populäre Aufbereitung ist es dem Herausgeber, Professor Dr. Eugen Ernst, gelungen, den Lesern die regionalen Besonderheiten der hessischen Dialekte nahezubringen. Das Buch trägt mit dazu bei, die hessischen Mundarten als kulturelles Erbe für die Zukunft zu bewahren.

(Hans Eichel)
Hessischer Ministerpräsident

Vorwort

Das Büchlein enthält Kostproben aus den verschiedenen hessischen Sprachlandschaften. Es ist aus der Arbeit im Hessischen Freilichtmuseum entstanden, wo die einheimischen Dialekte so oft es geht zu ihrem Recht kommen. Dennoch wäre die Herausgabe nicht möglich gewesen ohne den Förderkreis des Hessenparks und ohne verständnisvolle Spender, die auf Seite 4 genannt sind. Eine ebenso wichtige Voraussetzung war die Bereitschaft der im Quellenverzeichnis genannten Verlage, ihre diesbezüglichen Rechte auf dieses Büchlein zu übertragen. Allen Förderern, auch Frau Kramer vom Verlag Waldemar Kramer in Frankfurt für ihre geduldige Begleitung und Frau Arzt für die treffenden Vignetten sei herzlich gedankt.

Das Wort »lachen«, neutral verwendet, ist ein gutes Wort. Es will deutlich machen, daß der Mensch aus vollem Herzen sein Gesicht sonnig werden läßt. Am Lachen haftet wie am Weinen etwas Übernatürliches. Lachen ist wie die Weisheit selbst eine göttliche Eigenschaft, die Menschen von Tieren unterscheidet.

Wer lächelt, lacht sozusagen lautlos, nur ein wenig, er schmunzelt. Im Schmunzeln drückt sich Lachen im hintergründigen Sinn aus. Ein Sprichwort aus Ruanda sagt, daß ein freundliches Lächeln mehr wert ist als ein gutes Essen. Lachen kann über etwas Bedrückendes hinweghelfen, Lachen ist infolgedessen tatsächlich gesund.

Mögen die Gedichte und Anekdoten zu einer dialektbewußten Betrachtung verhelfen und zum Schmunzeln oder gar zum Lachen anstiften.

Gerade weil einem heute manchmal das Lachen vergeht oder teuer zu stehen kommt, kann die Motivation zum unverstellten herzhaften Lachen, das nicht durch Ironie getrübt ist, nur segensreich sein.

Eugen Ernst

WILHELM PHILIPPS

Gelle, do lachste

Es is aam manchmol nit zoum lache
voo allem, was mer heert unn sieht.
Doch stets e schläächt Gesicht se mache,
des geht aam geje des Gemied.

De werscht vom Schwoarzseh nit gescheider,
des bringt dich früher in des Groab –
drum lach emol, dann kimmste weider;
Frohsinn is aach e Gottesgoab!

Martin Dietz

Unser Sprooch

Wann ihr aach verzäiht die Noase
Iwwer unser komisch Sprooch,
Maant, ihr wärt met eurer besser,
Naa, mir trages euch net nooch!

Unser Sprooch iäs derb un kantig,
Manches an ihr klingt net gout,
Un mir wesse, daß zoum Heuch'le
Säi sich goarnet eigne dout.

Un mir wesse aach noach weirer,
Daß fier uns säi herrlich klingt!
Weil in ihr joa Herz un Heimat
Met ihrm ganze Zauber singt.

Heinrich J. Dingeldein

Hessen – wie es spricht und wie es lacht

Hessens Dialekte in der Deutschen Sprachlandschaft

Als Land der Mitte nimmt Hessen nicht nur verkehrsgeographisch eine Mittlerposition zwischen dem Norden und dem Süden wahr. Auch die hessischen Dialekte sind von einem allmählichen Übergang sprachlicher »Südformen« in »Nordformen« und durch die Mischung beider gekennzeichnet.

Im Norden wird *niederdeutsch* gesprochen, im Süden *hochdeutsch.* »Hochdeutsch« im sprachwissenschaftlichen Sinne bedeutet nicht automatisch »Standardsprache«/»Schriftsprache«, sondern die im hohen, gebirgigen Teil Deutschlands gesprochene Sprache. Unsere Schriftsprache heißt »Hochdeutsch«, weil sie aus diesem Teil des deutschen Sprachraums stammt und nicht aus dem »niederdeutschen»». »Hochdeutsch» hat also *nichts* mit einem höheren Wert zu tun!

Im Norden sagt man *Water*, im Süden *Wasser*, im Norden *ik*, im Süden *ich* oder *i*, im Norden *maken*, im Süden *machen* usw.. Die Grenze zwischen dem Niederdeutschen und dem Hochdeutschen verläuft quer durch das nördliche Hessen. Um Korbach, Hofgeismar und Wolfhagen spricht man niederdeutsch oder – wie man auch sagt – plattdeutsch.

Im übrigen Hessen werden folglich hochdeutsche Dialekte gesprochen. Die hochdeutschen Dialekte untergliedert man wiederum in eine südliche Gruppe, in der man *Apfel*, *Pfund* usw. sagt, und eine mittlere Gruppe, in der man zwar – wie im Hochdeutschen üblich – *mache(n)*, *Wasser* und *ich* sagt, andererseits aber – wie im Niederdeutschen – zum Apfel *Appel* und zum Pfund *Pund* oder *Fund.* Die südlichen Mundarten werden *oberdeutsche* Dialekte genannt, die mittleren *mitteldeutsche.* Nach dieser Einteilung zählen die meisten hessischen Dialekte zu den mitteldeutschen Dialekten.

Dialekte unterscheiden sich zwar von Ort zu Ort, es steht aber außer Zweifel, daß es großräumige Dialekte gibt, die eine erhebliche Anzahl Ortsdialekte zusammenfassen und die für Außenstehende (fast) gleich klingen. In Hessen werden vier solcher Großmundarten gesprochen, hinzu kommt der bereits erwähnte niederdeutsche Norden (vgl. die Karte).

Beginnen wir im Norden. Südlich des niederdeutschen Bereichs (Kennformen: *ik* 'ich', *water* 'Wasser', *se maket* 'sie machen') schließt sich mit Kassel und der Gegend um Fritzlar und Bad Wildungen

und – mit einigen Abweichungen – dem Frankenberger Land und der Schwalm das *Niederhessische* an. Kennformen sind *ich glaube/glauwe/gläube* 'ich glaube', *me/wi machen* 'wir machen', *is* u. ä. 'Eis', *Kuechen* 'Kuchen', *hä* 'er', *hingen* 'hinten'. In der Eschweger und Witzenhäuser Gegend ist eine niederhessisch-thüringische Mischmundart zu hören, bei der das Thüringische dominiert.
Im südlich anschließenden Fuldaer Raum wird *osthessisch* gesprochen. Kennformen dieses Dialekts sind *bas/bos* 'was', *mach* 'machen', *das kann ich gemach* 'das kann ich machen', *is* 'Eis', *hä* 'er', *ich glau* 'ich glaube'. Zwischen Hersfeld und Rotenburg/Fulda verläuft die Scheide zwischen dem Osthessischen und dem Niederhessischen.
Um die Wetterau herum, vom Vogelsberg im Osten bis ins hessische Hinterland im Nordwesten, vom Marburger Land im Norden bis hinunter an die Mainlinie spricht man Mittelhessisch. Mittelhessische Kennformen sind *aich glabe/glawe* 'ich glaube', *he* 'er', *brourer* 'Bruder', *stieh* 'stehen', *mache* 'machen'.
Südlich des Mains schließlich bis fast an den Neckar heran wird *südhessisch* gesprochen. Das Südhessische bildet keine eigene einheitliche Mundartregion, sondern setzt sich im Pfälzischen fort. Als gemeinsamer Name für das Südhessische und das Pfälzische (wie auch für das Rheinhessische auf der linken Rheinseite) hat sich der Name *Rheinfränkisch* durchgesetzt. Kennformen des südhessisch-rheinfränkischen sind *isch glaab* 'ich glaube', *mache* 'machen', *des* 'das', *er* 'er'.
Umgeben sind die hessischen Mundarten vom Westfälischen und Ostfälischen im Norden (das Niederdeutsche am Nordrand Hessens ist als Randgebiet des West- und des Ostfälischen anzusehen), vom Thüringischen und Ostfränkischen im Osten und vom Mittelfränkischen im Westen.
Die Grenzen zwischen den einzelnen Mundarträumen in Hessen wie auch zu den benachbarten Gebieten sind fließend. Die eine

Die Dialekte Hessens

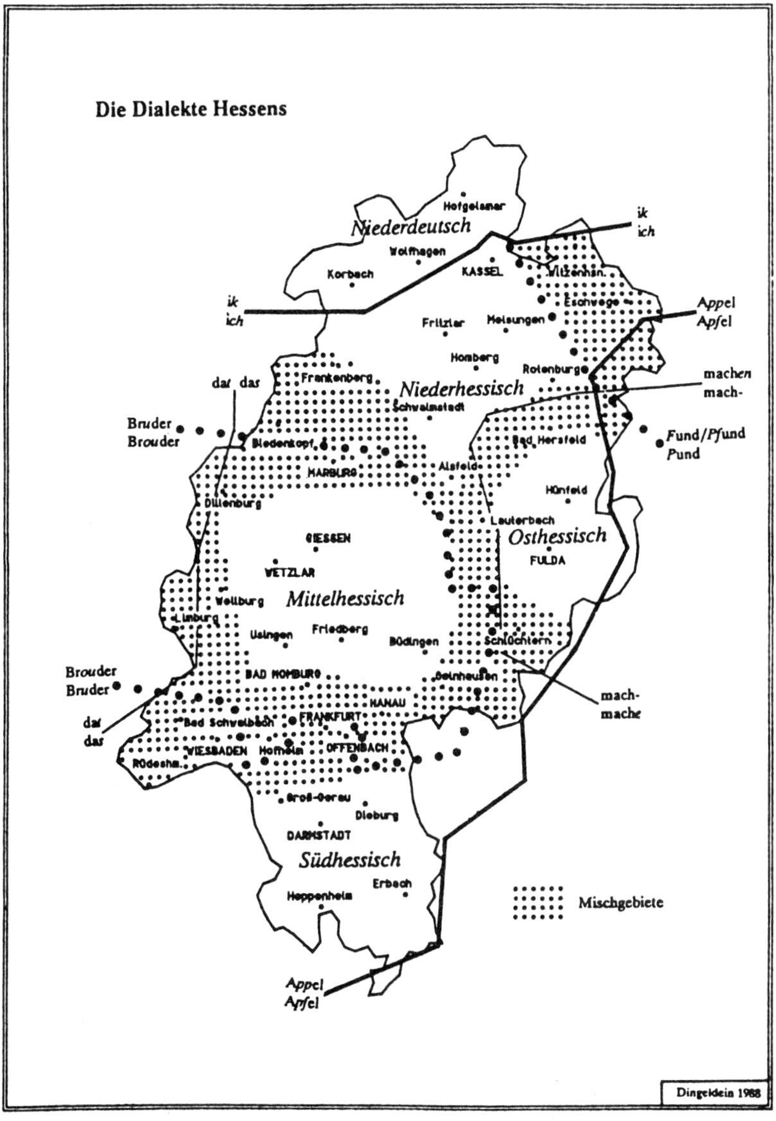

Aus: Hessisches. Schriften der Universiät Marburg, 1989

Mundart geht von Ort zu Ort allmählich in die andere Mundart über. So kann man nur selten genau angeben, wo das Mittelhessische aufhört und das Niederhessische anfängt. Es kommt immer wieder zu breiteren oder schmäleren Übergangsgebieten, zu Mischzonen. Vergleicht man aber die Zentren der einzelnen Sprachräume miteinander, so werden die Unterschiede deutlich und klar. Sie sind in den hessischen Mundarten so entscheidend, daß ein Gespräch zwischen einem Süd- und einem Niederhessen oder auch Mittelhessen im Dialekt ohne Verständnisschwierigkeiten kaum möglich ist. *Das* Hessische gibt es also nicht, sondern viele hessische Mundarten. Und in ihnen spiegelt sich die wechselvolle Geschichte beim Werden des Landes Hessen.

Vom Humor in der Sprache der Hessen oder: Lacht man in der Mundart anders?

Versuche, Landschaften und die in ihnen lebenden Menschen durch ihre Sprache und ihren Witz zu charakterisieren, gibt es einige. In den Buchhandlungen verkaufen sich die Bändchen mit dem Humor der Bayern und Ostfriesen, der Rheinländer und Schwaben nicht schlecht. Doch bei den Hessen fällt eine solche Charakterisierung schwer.

Zwischen Reinhardswald und Odenwald, zwischen Werra und Rhein leben Menschen ganz unterschiedlicher Lebensart und Sprache. Man braucht nicht das Stereotyp vom »lustigen Rheingauer« und vom »verschlossenen Waldecker« zu zitieren, um auf die spürbaren Eigenheiten der verschiedenen Landschaften aufmerksam zu machen. Schon wer offenen Ohres durchs Land geht, hört die Unterschiede in den Dialekten, hört nicht nur die watteweiche Aussprache der Frankfurter, die außerhalb des Landes als *das Hessische* schlechthin gilt, er hört Niederdeutsches im Norden, Niederhessisches und Thüringisches im Nordosten, Osthessisches, Mittelhessisches und Südhessisch-Rheinfränkisches. Wenige deutsche Länder können eine solche Vielzahl in ihrer Struktur ganz unterschiedlicher Dialekte aufweisen wie Hessen. Dabei ist nicht einmal an die Unterschiede von Ort zu Ort gedacht, sondern an die größeren Räume, in denen sich die Menschen ohne Schwierigkeiten bei allen Unterschieden im einzelnen verständigen können und deren Sprache für Außenstehende gleich klingt. Diese Großmundarten in Hessen unterscheiden sich voneinander so deutlich wie z. B. das Schwäbische vom Bairischen! (Vgl. zur Verbreitung der einzelnen Mundarten die Karte.)

Sprache gehört zum ureigensten Besitz des Menschen. Durch Sprache kann er sich mitteilen, in Sprache kann er seine Gedanken fassen, und die Sprache spiegelt in vielem die Gedankenwelt ihrer Benutzer wider. Es ist darum kein Zufall, daß »das Deutsche« nicht als einheitliches Ganzes existiert, sondern daß es im Deutschen verschiedene Fach- und Berufssprachen gibt, daß die Dialekte weiterleben, wenn auch in veränderter Gestalt und mit vielen Anleihen aus der hochdeutschen Standardsprache, daß man sehr wohl die Sprache der schöngeistigen Literatur vom Stil der Zeitungen unterscheiden kann. Jedes »Feld« des Lebens hat seine eigene sprachliche Entsprechung, benutzt sein eigenes sprachliches Werkzeug.

Die Dialekte sind das sprachliche Werkzeug, das zum engen Erfahrungsraum der Menschen gehört, sie sind das Pendant zum sozialgeographischen Begriff »Heimat«: Ist die Heimat eng, sind auch die Dialekträume eng, reicht die Heimat über den Horizont des Wohnortes hinaus, werden auch die Dialekträume größer, allgemeiner. Dialekt ist die Sprache des gesprochenen Worts, das Mittel der direkten Ansprache im vertrauten Bereich, die Sprache unter Nachbarn und Freunden. Trotzdem gibt es immer wieder Versuche, den Dialekt für die Dichtung zu gebrauchen, mit ihm »Literatur« zu erzeugen, also gerade das zu tun, was ureigenster Bereich des Gegenstücks zum Dialekt, der als Literatursprache entstandenen Standardsprache ist. Solche Versuche dürfen nicht mit einer einfachen Handbewegung als Dilettantismus abgetan werden. Man braucht nicht Hebbels Alemannische Geschichten, nicht Nestroys und Raimunds Wiener Volkstheater aus der Ferne als Zeugen dafür aufzurufen, daß in der Mundart Dichtung möglich ist: Ernst Elias Niebergall mit seiner darmstädtischen Lokalposse »Der Datterich« und Friedrich Stoltze aus Frankfurt mit seinen satirischen Spießbürger-Beschreibungen und zartfühlenden Gedichten sind ansässige Zeugen. Als Sprache der vertrauten Bereiche ist Dialekt die Sprache mit Verbindung zum Unmittelbaren, zum unausgesprochenen »Understatement«, zur Wärme der Nähe und auch zu ihrer Enge. Zur Erfahrung der Nähe gehört auch das Lustigsein, es gehören die Anekdoten und Possen dazu, die man in fröhlicher Gesellschaft erlebt und erzählt. Es sind keine langen Ausführungen darüber nötig, daß es sich dabei nur um einen kleinen Ausschnitt aus der vielgestaltigen Lebenswirklichkeit handelt, oft dazu ein noch recht selten durchlebter. Und doch kann er nicht als nebensächlich abgetan werden. Wie anders wären die zahlreichen beliebten Bändchen mit Schnurren und Reimen zu erklären? Wie wäre zu erklären, daß sie eine beachtliche Auflagenhöhe erreichen, wenn in ihnen nicht wenigstens ein Kern dessen stecken würde, was Menschen berührt und betrifft?

Keine Angst, hier soll nicht der Versuch unternommen werden, aus gutgemeinten, manchmal mehr, manchmal weniger gelungenen Dichtversuchen hohe Dichtung zu machen, es soll lediglich einem literarischen Phänomen der Platz eingeräumt werden, der ihm zusteht. Possenhafte, lustige, schwankhafte Dialektliteratur ist eine Tatsache mit vielen Freunden und mit einer vieljährigen Tradition, sie ist damit auch zu einem Stück der regionalen Identität und des Selbstbewußtseins der Dialektsprecher geworden.

Betrachtet man die verschiedenen Landstriche Hessens auf ihren Anteil an der Dialektdichtung hin genauer, so fällt sofort auf, daß

Nord- und Südhessen ganz unterschiedlich daran beteiligt sind. Im Norden und Osten fällt es schwer, mundartliche Schwankliteratur zu finden, von ernsthafter Dialektdichtung ganz zu schweigen. Im Süden hingegen, dort wo die Fastnacht kein Fremdwort ist, gibt es kaum ein Landstädtchen, das nicht »seinen« Dialektdichter hat. Hier sprudeln die Anekdoten und Geschichten gerade so hervor, als ob sich die ganze Welt nur um lustige Begebenheiten drehte. Die Ursachen hierfür sind vielschichtig und nur schwer zu beschreiben. Sicherlich hat dies nichts mit einer unveränderlich vererbten Eigenschaft der Süd- oder Nordhessen zu tun. Wie anders wäre es sonst zu erklären, daß die Hunderttausende Neubürger Hessens nach dem Zweiten Weltkrieg sich so narbenlos in die verschiedenen Bevölkerungen einfügen konnten und heute ihre Nachkommen im allgemeinen die gleichen Verhaltensweisen zeigen wie ihre »althessischen« Altersgenossen?
Es wird wohl das sein, was die ältere Volkskunde »Sitte« nannte, was die Unterschiede zwischen dem Norden und dem Süden Hessens ausmacht: Im Süden hat – mit der Fastnacht – das Lustigsein Tradition, und man ist leichter geneigt, sich damit zu arrangieren als im Norden oder noch mehr im Dillgebiet und im hessischen Hinterland, wo im 19. Jahrhundert aus religiösen Gründen ein ernsthafterer, manchmal sogar grüblerischer Lebensstil fußfassen konnte. Mit den verschiedenen Mundarten Hessens und ihrer Dichtung ist somit vielfach gebrochen ein unterschiedlicher Zugang zum Humor verbunden: Laut und lärmend ist er im Süden, eher bedächtig liebt man ihn im Waldeckischen und Niederhessischen. Und doch gibt es hier wie dort stillere und offenere Charaktere, denn der einzelne, gleich wo er wohnt, läßt sich nie für das Ganze nehmen.
Mit dem Bändchen »Lache is gesund« wird dem Leser ein kleiner Ausschnitt aus dem umfangreichen Schaffen derjenigen Dialektdichter aus dem heute hessischen Raum vorgestellt, die sich vor allem dem Humor verschrieben haben. Wenn die verschiedenen

Landschaften Hessens unterschiedlich stark vertreten sind, so ist dies aus dem vorher Gesagten verständlich.
Der Humor selbst ist aber nicht an Landschaften gebunden, es ist vielmehr die allen Menschen eigene positive Eigenschaft, die eigenen Schwächen nicht ganz so ernst zu nehmen und die Schwächen der anderen in einem milden Licht zu sehen. Humor ist damit das Gegenteil von Schadenfreude, und die Qualität humoristischer Dichtung bemißt sich nicht zuletzt daran, inwieweit der Spaß *nicht* auf Kosten anderer (der Dialektsprecher, der einfachen Menschen) ausgetragen wird.
Wenn es gelingt, so verstandenen Humor weiterzugeben und die Menschen zum Lachen zu bringen, ist schon etwas geleistet. Anders lacht man im Dialekt freilich nicht, nur vielleicht etwas origineller!

Odenwald, Bergstraße, Hessisches Ried, Darmstadt

Greta Bickelhaupt

Uschuld

»Kumm, loos emol doi annern Sache,
moi Biewele, un spitz die Ohrn!
Doo werschte groußе Aage mache:
deer is e Schwesterle geborn!«

Der Franz stäiht starr, bringts nit zusamme.
»Is meglich?« rifft er dann veklärt,
»ja waaß es dann aa schunn die Mamme?
Was werd die horche, wann ses härt!«

Der widergefunnene Äisel[1]

Der Michel hot heit uff em Viehmark
Resolut siwwe Äisel sich kaaft
Un mecht sich soufort uff de Haamweg
Statts daß er im Wertshaus noch raaft.[2]

Der Weg is sou lang un ermiedend,
Schun gäiht er lohm und ganz krumm.
Er setzt sich uff an vun de Äisel,
Schunscht[3] fellt er vor Miedigkeit um.

Wie grouß is uff aamol soi Schrecke:
Sechs Grooschimmel[4] gäin vor em her,
Un siwwe hot er doch kaaft ghatt!
Der siwwet, wo is dann nor der?

Er zäihlt und findt immer sechse
Un denkt nit, daß er uff aam sitzt;
Den hot er wahrhaftig vergesse!
Er rechent und rechent und schwitzt.

Voll Sorge un Angscht und Verzweiflung
Erblickt er vun weidem sei Haus.
Do kimmt soi Fraa schun entgeche,
Gleich schitt er soi Herz vor er aus.

»Sou sei doch nur ruhig, du Dalme[5]«,
Sou rifft se ganz speddig un lacht:
»Du siehscht halt nor immer sechs Äisel,
Un ich – ich zaihl eherer acht!«

[1] Esel; [2] rauft; [3] sonst; [4] Grauschimmel (für Esel); [5] Schimpfwort

Karl Schaffnit

De Heiner im Schnee

Es hatt' geschneit ganz wunnerschö'
En zorte, weiche Prima-Schnee,
Un wie dann endlich die Schul wor aus,
Do stärmte die Heiner zum Loch enaus,

Hurra! in de Schnee bis an die Knie,
Zum A'beiße wor er, so schö' wie noch nie!
Nor schrecklich wor des: die Heinercher derfe
Bei all dem Schnee kaa Schneebäll werfe!
So wor de Schnee noch nie gerote –
Un jetzt hot der Lehrer die Schneebäll verbote!
Es is e Schann! Doch dort hinne im Eck
Lekt ewe aaner sein Ranze weg
Un – 1, 2, 3 wor aaner geballt,
Un – richtig! nach aam zielt er bald –
Und baaf dich – hot en de Lehrer im Gnick:
»Du wirfst ja Schneeball, du kleiner Strick?« –
»Ach naa, Herr Lehrer!« stottert er zahm,
»Den nemm ich meim klaane Bruder mit haam.«
»So? Hat's in der Schloßgasse nicht geschneit?
Die ist von hier doch nicht zu weit!« –
»O jo!« sekt do der schlaue Schnutz,
»De Schnee is dort awer all nix nutz!« –
Do hot de Herr Lehrer doch selbst gelacht,
Un 's Heinerche hot sich staawaus gemacht.

Böse Buwe

E klaaner Dobbcher sitzt im Sand,
Baut Gärtcher, Häuscher, allerhand.
Uff aa'mol sieht er sein Lehrer kumme,
Do hot er flink Reißaus genumme;
Obgleich ihm der ruft freundlich zu,
Wor's Fritzche fort – staawaus im Nu.

De annern Mojend in de Schul
Do wor's em doch ganz eklig schwul,
Besonnerst wie de Lehrer kam
Un 's Kerlche ins Gebet dann nahm
Un fragt, warum er dann so sehr
Geschwind gestert verschwunde wär?
»Ach« jammert er, der klaane Wicht,
Die Thräne kännele 'm üwers G'sicht,
So daß es orndlich hot geglänzt:
»Ich hob geglaabt, ich hätt' Eppel gestrenzt!«

Rudolf Heilgers

De Udankbare

»Herr Nodar, wie kann des heeße,
was des Geschmier bedeit,
des kann jo kaa Sau leese!«
Seggt de Vetter Veit.

»Eier Neffe, Schorsch mit Name,
wu in Gieße war,
schreibt, er hätt gemacht Exame!«
Seggt de Herr Nodar.

»Hot ers endlich üwwerwunne?
Na, es war aach Zeit!
Unn, was schreibt r weiter unne?«
Seggt de Vetter Veit.

»Er dät zu de feine Herre
zähle schun sogar.
Un dät Advokat jetzt werre!«
Seggt de Herr Nodar.

»Affegat? Der Udankbare!«
Seggt de Vetter Veit,
»ach, unn dem sei Alde ware
doch so brave Leit!«

Ernst Elias Niebergall

Aus »Der tolle Hund« Fritz Knippelius

Wie kenne Sie Knotch mit Ihrm Reiweisegesicht un Ihrm Kerschehooke vun ere Noos Absichte uf e Mädche howwe? Mer mahnt jo, der Deiwel hett Erbse uf Ihne Ihrm Gesicht gedrosche! – Gucke-Se sich emohl um, es is kah Mensch un kah Seel in der Neh, un wann Se ihrn Schnawwel zu weit spazirn losse, do haag ich Ihne, daß Se an Gott verzweifele! – Ich will mich net an Ihne vergreife, dann Sie sinn nor e Gedanke vun eme Mensche. Wann-Se awwer die Geschicht mit dem Mädche net ufstecke, do haag ich Ihne uf die Vernunft, daß Se de Glaawe verliern! Gehn Se hih un suche Se sich so e Krott wie Sie sinn, un wo aach so en Zinke im Gesicht hot, die baßt sich zu Ihne: des anner Mädche awwer losse Se ungeschoorn, un wann ich hehr, daß Se's doch net unnerlosse, dann' dreh ich Ihne des Gesicht hinne hih! Do kreht doch kah Hahn danooch, wann mer Ihne kabutt uf der Gaß deht finne; die Leit dehte glaawe, es hett Ihne e Gardreider aus Unversichdigkeit doht gedrähte.

Der Datterich

3. Bild: Sechste Szene

Datterich mit gebrochenen Augen, auf dem Bette liegend, Bengler

Bengler. Lickt die Eil noch uf der faule Haut! Gästert widder voll gewäse, he? Des Geld versoffe, statt mich zu bezohle?
Datterich *schlägt die Augen wieder auf.* Ach lieb Großmudda – sinn-Se widder do aus der Derkei?
Bengler. Wos, Kerl? Sinn-Se noch voll? Ich will Ihne begroßmuddern! Mei Geld – odder – Sie wisse, wos ich Ihne gedärmt hob.

Datterich *breitet die Arme aus.* Komm' an mei Herz, Hulda! Was willst du, schwatzbärtiger Krieger? Willst du mir vabieten, auf dem Deppich der Nadur zu wandeln?

Bengler. Er helt mich in seim Suff vor ein Teroler, weil er von Debch schwätzt. Wort, Oos, ich will dich nichtern mache! *Er rüttelt ihn.* Geld will ich, odder ihr Buckel soll mer'sch bezohle!

Datterich *mit einer durch das Rütteln abgesetzten Stimme.* Es lijje jetzt Bi-i-i-ihrn – genug – hunne – wos for e Bech – wann ahns kehmt – Schiddel doch – des ohrm Be-em-che net – so! 'Schorsch – du iwwer – dreibst's.

Bengler *tritt verwundert zurück.* Er muß doch net voll sei. Entwedder is er meschukke, odder leit er im Fiewer.

Datterich *scheint zu sich zu kommen.* Dreier Freind, Alonso, kannst-de mer zwah breißische Dahler lehne? *Schwach:* Du willst mer die Auge zudricke?

Bengler *wütend.* Herr! – Nor net gestorwe, dann do kennt ich aach mit zor Leicht: erscht bezohle-Se mich, dann kenne-Se in Gottes Nohme mache, wos Se wolle.

Datterich *vagiert wild mit den Armen.* Verräder, willst du deinen Judassold? Nimm diesen Edelstein aus Persiens Krone! Matt: Ha – ich sterbe!

Bengler *in der Stube umherlaufend.* Do leit des Laster jetz un is am Obflattern! Net genug, daß er im Läwe die Leit um ihr Sach gebrocht hot: – er balwiert-se noch dorch sein Doht! – *Grimmig den Stock schwingend.* Wos deht ich-en so gern haage, awwer er spihrt doch nix mehr, un es wehr aach net ganz menschefreindlich. *Stürzt ans Bett.* Awwer wort, wer mer nor widder gesund, do will ich der'sch weise! *Er ballt die Faust und geht ab.*

Datterich *springt auf, schlägt einen Entrechat und dreht ihm eine Nase.* Grob bist-de, awwer doch noch net gescheit genug! Wie mich der Limmel hett schmeise wolle, hett ich mich doht gestellt, wie e Kläwwer, do wehr-er gewiß zurickgehuft.

Hett ich nor mei Stiewel von dem Ooseschuster: der werd aach schon widderspenstig. Do stehn mei un sperrn die Meiler uf. *Es klopft an.* Is dann heit der Deiwel ganz los? Awwer vor de annere fercht ich mich net. Entrez!

4. Bild, 7. Szene

DATTERICH: Ei, mei Freind Spirwes! Hat ihne aach de schee Nadur erausgelockt?
SPIRWES: Wos geht mich de Nadur oh! Frisch Luft wollt ich scheppe – de ganze Daak gesotze un gekohrt[1] un als[2] dazu geleimt: der Kopp wor mer ganz dick. Wo hawwe Sie dann heit gestocke[3]?
DATTERICH: Gucke-Se mich emal ah!
SPIRWES: No, do säh ich wos Rächts!
DATTERICH: Sie sähe mich wahrscheinlich zum letzte Mal. (...) Mer schieße uns iwwer'sch Sackduch[4], da bleibt Ahner uf dem Blatz.

[1] Karten gespielt; [2] immerzu; [3] gesteckt; [4] Taschentuch

Spirwes: Ich mahn, Sie wehrn schon oft genunk uf dem Blatz gebliwwe wann-Se net von Bolezeidiener fortgeschleppt worn wehrn.
Datterich: Sie kenne mer en Gefalle duh.
Spirwes: Ich hab kah Geld bei mer.
Datterich: Ich wer aach kahns mehr brauche. Dreeste-Se mei Freind und Bekannte.
Spirwes: Es is zwor e Bisje viel zugemuth, dann do kann ich in alle Werthsheiser erumgeh, awwer ich wer mich schon for mei Geng enschädige.
Datterich: Komme-Se, mer trinke Abschied!

Josef Hummel

Die blinde Hesse

Als sechsundsechzig Kriegsgefahr
Un Hesse gege Preiße war,
Do hawwe unverdrosse
Wie, statt dem Feind, sich drauß im Feld
En Haufe Mist entgegestellt,
Die Hesse druff geschosse.

So uzt uns heut noch jedes Kind,
Drum hääßt es aach, mir wäre blind,
Wie kann mer so was sage!
Wenn werklich die Geschicht so war
So lag der Irrtum, des is klar,
Doch niemals an de Aage.

Es war so stiegedunkel Nacht,
Die Hesse gawe sauwer acht:
»Pst! Achtung! Vorsicht! leise!
Un alle Sinne angespannt!«
Uff ämol roch der Mist vom Land:
»Legt an! des sin die Preiße!«

Peter W. Dinkel

Nie widder ...

Im Gästehaus »Zum alte Zopp«
do kriggte sich zwaa Gäst an Kopp
weil aaner annrer Meinung war
wien annern der des annerst sah.

Des Ausmaß nahm bedenklich zu,
die, die vor Korzem noch in Ruh
un Friede vor ihrm Bier gesesse
warn wie vom Belzebuub besesse.

Da greift der aane sich en Kruuch,
holt aus nach owwe un dann schluuch
mit Wucht dem annern arme Tropp
den Seidel mitte uff de Kopp.

Geschehe wars da – um den Pott,
der Kopp jedoch zeicht sapperlott
kaa Spur net von Erschütterung
vielmehr jedoch Verbitterung.

Greift seinerseits sich seinen Kruuch,
holt aus nach owwe un dann schluuch
mit Wucht dem annern arme Tropp
den Seidel halt uff dem sei Kopp.

Da wars geschehe – um den Pott,
jedoch der Kopp zeicht sapperlott
kaa Spur net von Erschütterung
nur ewefalls Verbitterung ...

So gings jetzt weiter Zuuch um Zuuch.
Zu Bruch ging dobei Kruuch um Kruuch
un als kaan Kruuch mehr heil dastand
da reiche sich die Zwaa die Hand
un falle um, um still zu träume –
de Wert hört se beim Scherweräume
noch lalle in de letzte Züüch:
Nie widder Krüüch – Nie widder Krüüch!

H. Hundsdorf

Die verhängnisvolle Sparbüchs!

Manchmol bassiern doch dolle Sache,
Es geht ahm manchmol ebbes quer;
Mer kennt sich manchmol bucklich lache,
Wann's manchmol net so traurig wär!
E Fraache, sparsam, gut un fleißig,
Doch arm wie Hiob owedrei;
Ihr Mann, en Lump, en lock're Zeisig,
Mußt alle Dag besoffe sei.
Vum Schaffe wollt der Kerl nix wisse,
De Schnaps, des war sei bester Freund,
Rock, Hos un Stiwwel war'n verrisse,
Es Fraache sitzt deham un greint!
Sie hot in ihre gute Dage
Sich manchen rote Dobsch gespart,
Un hots dann, ohne was zu sage,
In 're Pilleschachtel uffbewahrt.
Niemals werd er des Geld verwische!
So denkt die Fraa mit klugem Sinn,
Ihr Mann kann jo ka Pille riche,
Drum dhut se do des Geld erinn.
Sie stellt nach alter Vorsicht Sitte
Die Schachtel an en sich're Ort
Un dhut de liewe Herrgott bitte,
Daß kaaner nimmt die Schachtel fort.
Nooch etwa acht bis zehje Woche
Denkt se mol wieder an ihrn Schatz.
»Heit willste mol was gutes koche.«
Un geht an den verborg'ne Platz.

Wie se de Deckel ab dhut hewe,
Do kreischt se uff vor lauter Schreck
Un fengt dann forchtbar a' zu bewe,
Des Geld, des liewe Geld war weg.
Uff amol steht se ganz bedroffe,
E Ahnung zieht ihr dorch des Herz:
»Ihr Mann, der hot des Geld versoffe!«
Sie greint vor Zorn, sie greint vor Schmerz.
Doch horch! sie hört was drunne bollern,
Es poltert was die Treppe eruff,
Un unner fluche, unner kollern
Reißt jetzt der Kerl die Stubdier uff.
Mit seifzerschwerem Atemhole
Fellt ihm sei Fraa glei in die Redd:
»Du host mer jo mei Geld gestohle,
Sag, hoste's oder hoste's net?« –
»Was brauch ich mich dann do zu scheme!«,
Seegt stotternd er noch in seim Suff;
»An jedem Dag dreimal zu nehme,
Do stehts jo uff dem Deckel druff!«

Günther Vogt

Innere Schönheit

An der Bergstraße mokiert sich einer, weil ihm die Frau des anderen überhaupt nicht gefällt.
»Hoschde kaa Schänere gefunne?«
Wütend darauf der Betroffene:
»Ich hab net uffs Aißerliche geguckt, mei Fraa is innerlich schee, verstanne?«
»Ei, waaß de wos? Ich deht se wenne losse«.

Metzelsupp

Heiner macht einen Freundschaftsbesuch und hat eine Kanne in der Hand:
»Ich wolld Ihne bloß e bißje von unsere Metzelsupp bringe, mir hawwe nemlich bei unsere Leid in Bessunge geschlacht.«
»Des is räächt, liewer Freind. Do sieht mer, wers hot!«
»Noch isses net ze speet! Mei seelich Mudder hot als zu mir gesacht, Heiner, hot se gesacht, Biebche, nemm der aa vum Land. Gut gefriehstickt spiert mer de ganze Daag, gut geschlacht des ganze Johr, gut geheirad es ganze Läwe. Hot se gesacht. Dehte Se aach aa vum Land heirote, hette se aach e Sau!«

Versicherung

Ein Bauer hat sich gegen Feuer- und Hagelschäden versichern lassen. »Geeje Feier, dos kann ich verstiehe», meint der Nachbar, als der Assekuranzvertreter fröhlich abgerauscht ist, »awwer«, und dabei blinzelt er, »wie willste dann den Haachel mache?«

Frankfurt am Main

FRIEDRICH STOLTZE

De fremde Has

Es kam e Has aus Hesse
mit gutem Appetit;
er wollt im Stadtwald fresse,
bracht gleich die Löffel mit.
Gefresse hat er wie die Bärn;
ich glaab, des Oos wollt Berjer wern!

Ich sah en grad so sitze
ganz pritschebraat im Moos;
dich soll ja Gott verblitze,
du hergeloffe Oos!
Bladauz! Da lag er uff der Nas. –
Es schmeckt aach gut e fremder Has.

Was sollt ich annerscht mache?
Ich sein e Jägerschmann.
Mei Alt dehaam werd lache,
un legt en in die Pann.
Dann muffle mir en frehlich uff
un gieße noch e Stoffche druff.

Absagebrief

»Jean, leb' wohl! Mei Vatter leidt's net,
un merr soll die Eltern ehrn;
ohne Sege da gedeiht's net,
wann merr noch so glicklich wern.

Ewig zwar wern ich dich liewe,
nimmermehr vergeß ich dich;
doch die Eltern zu betriewe,
des breng ich net iwwer mich.

Geh net mehr am Haus voriwwer,
daß dich net mei Vatter sieht,
dann ich krieh sonst Vorwerf driwwer,
wie ich se schon oft hab' krieht.

Teurer Jean, du des bedenke!
Gelt, du dust's for ganz gewiß?
Du den alte Mann net krenke
un komm ehrscht, wann's dunkel ist!

Awwer komm dorch's Hinnerpörtche!
Dann mei kindlich Ehrlichkeit
waaß zwar des gehaame Örtche,
wo der Vorderschlissel leiht;

doch die Eltern zu betriehe,
liewer Jean, sei fern von mir! –
Naa, un kräg ich's aach verziehe, –
drum komm dorch die Hinnerdihr.

Stolper ja net uff de Stäge,
dann mei Vatter is ze Haus;
du's um seines Schlummers wege!
Liewer zieh die Stiwwel aus!«

Lumpeliedche

Hawe mer an unsre Fieß
aach kaan ganze Stiwel,
ich un du, mei Zuckersieß,
nemme's uns net iwel.

Sin merr aach so arm wie Jobb,
Dorscht muß immer Trump sei!
Alles, nor kaa Loch im Kopp;
liewer sechs im Strump drei!

Laß uns um die Aarmebichs
doppelschottisch danze!
Dann es is die Hälft von nix
grad so viel wie's Ganze.

Die Wacht am Rhein

Die Wacht am Rhei, – merr hat kaa Ruh,
merr heert se alsfort brille.
Mer wisse's ja, zum Deiwel zu,
un aach um Gotteswille.

Heint Nacht um Zwelf ehrscht schlaf ich ei,
da stolpern zwaa voriwwer
un brille laut die Wacht am Rhei,
so daß ich uff wach driwwer.

Ich haww' en aach mein Dank gezollt:
»Ihr Männer ihr, ihr brave!
Wacht *ihr* am Rhei, so viel derr wollt,
in Frankfort laßt *mich schlafe*!«

Die Blutblas

Farrnschwänz odder Hasselstecke
soll ka weiser Lehrer fihrn!
Statts e Bess'rung zu bezwecke,
kann em Schlimmes mit bassiern.
Der Herr Diehl hat des erfahr'n, ach
an sich selwer wunnerbar,
der vor so un so viel Jahrn, ach,
hie in Frankfort Lehrer war.

Dann der Diehl war aach so aaner:
gleich uff Prichel stann sei Sinn,
un sei Farnschwanz war kaa klaaner
un sei Stecke warn net dinn.
Böse Buwe gibt's aach freilich
wahre Deiwel ganz gewiß,
dene selwer net mehr heilig
in der Schul e Farnschwanz is.

So e Schüler schlimmster Rass, ach,
namens Mohr, e Metzgerschsoh,
Unfug triew err in der Klass, ach,
merr hat kaan Begriff dervo.
Dem Herr Diehl sein neue Stecke
hatt' err' m haamlich sehr beschmiert
der Herr Diehl dat's erscht entdecke,
als er sich die Händ lackiert.

»Waart nor, Morche! Kimmste morje
– dann kaa annrer hat's gedaa –
wern ich ebbes derr besorje,
Lumpebub! Da denkste de draa!«
Mohr von Ahnunge belästigt,
dann er war vo feiner Nas,
hatt' derr sich wohi befestigt,
blutgefillt e Schweineblas.

So begab err in die Schul sich,
setzt sich sittsam uff sein Blatz.
Diehl erhub da von seim Stuhl sich!
»Komm doch emal her, mein Schatz!
So, jetzt haww ich dich! Bereue
sollst de jetz dein Frevel schnell!«
Lehrer Diehl ließ sich en neue
Farnschwanz hole beim Pedell.

Hat den Mohr dann flugs gezoge
iwwern Stuhl. – »Waart Satanas!«
Hui! Wie sin die Schmiß gefloge
uff dem Mohr sei Schweineblas!
Bis se blatzt! – Un ausgestoße

hat en dumpfe Ton de Mohr;
aus de Baa von seine Hose
quoll e Blutstrom, ach, evor.

Lehrer Diehl gewahrt's mit Schrecke,
ihm entfiel der Farrenschwanz.
Sterwend dat der Mohr sich strecke.
»Mörder« krisch die Klass', die ganz.
Gar net war des Blut zu stille
in de baade Hosebaa.
»Liewer Mohr, um Gotteswille«,
rief der Diehl, »ach sterb net! Naa!

Da! Da hast de aach drei Baatze,
kaaf derr driwwe bei dem Kitz
Äppelranze odder Mazze,
odder bei dem Steitz Lakritz!
Nemm se Morche! Guck mei Trene!
Haag dich aach gewiß net mehr!«
Da begann der Mohr zu stehne:
»No, so gewwe Se se her!«

KARL ETTLINGER

Rausgewwe

Der Fritz, des is e Deiwelsoos,
E uffgeweckter Berjer,
Beim Preddige da schläft er bloß
Zum Paff seim greßte Aerjer.

Der Bastor preddigt, daß es dröhnt,
Un heule dhut manch Schäfche,
Alläans der Fritz hockt da un gähnt,
Un hält sei Mittagsschläfche.

»Mein Sohn«, nemmt en der Bastor vor,
»Dein Schlaf wird einst gerochen,
Du wirst, o Sünder, dadafor
Einst in der Hölle kochen!«

– »So?« säggt der Fritz, »wann des der Fall,
Dann laß ich mich net störe,
Dann kann ich ja Ihr'n Redeschwall
Deräänst da drunne höre!«

In der Verzweifelung

Es is e Mann in unsrer Stadt,
Der sechs gesunne Buwe hat,
Alljährlich hat er ään erzeigt,
- Des mecht em kääner nach so leicht.
Doch, wie's schonn war von Weltbeginn:
'S gibt Leit, die nie zefridde sin,
So hätt der Mann in unsrer Stadt
Statt sechs gern siwwe Schdick gehabt.
Beim Siwwente schdeht nemlich Pat
Der Kaiser hierzeland im Schdaat.
Drum hat der Mann ääch schdets geredt:
»Kää Mädche! Nor kää Mädche net!«
– Im ehrschte Monat lääft er rum,
Wie ääner vom Banopdigum
Un sägt: »O Frääche, hääßgelibbt,
Wann's diesmal nor kää Mädche gibbt.«
»Nää«, sägt die Frää un falt die Schdern,
»Es werd der schonn e Lausbub wern.«
Im zwette Monat fängt der Mann
Nerwös ze wern allmählich an
Un seifzt un denkt von frieh bis schbät:
»Wann's nor e Biebche werde dhät!«

»Ja«, säggt die Frää un falt die Schdern,
»Es werd der schonn e Lausbub wern.«
Un immer näher kimmt die Zeit,
Der Klapperschdorch is net mehr weit,
Und immer lamendiert der Mann:
»Frää, bring mer nor kää Mädche an!«
– Da äänes Dags schdeht vor der Dhier
Der Mann und zawwelt vor Begier,
Dann drin – o Glick! – dann drin – o weh –
Da is der Schdorch bei seiner Frää.
Uff äämal ruft's: »Schorsch, komm erei!«

– »Was is es dann?« – »No, was werd's sei,
Guck, was Dei Fräă so folgsam war:
Es is e Buwe-Zwillings-Baar!«
Da fällt der Mann bald dorch die Dhier:
»O Fräă, des war net schee von Dir,
O Fräă, was hastde da gedhaa,
Was fang ich mit zwäă Buwe aa?
Jetz kimmt der Kaiser net bei uns,
Jetz war die ganze Mieh' umsunst.«

Oskar Eberhardt

Vergeblich

Der Herr Kaplan, der ließ emal
Den Steffelbauer komme
Un hat en in der Sakristei
Gehörig vorgenomme.
»Johannes«, schloß er, »schäme Dich!
Dein Vater war so fleißig,
Und Du bist so ein Thunichtgut,
Ein Lump und lockrer Zeisig.

Was denkst Du wohl – das sag' mir nur –
Zum Beispiel anzufangen,
Wenn durch Dein Lotterleben Haus
Und Hof ist draufgegangen?
Ein gutes Ende, glaube mir,
Nimmt nie ein Spieler, Prasser.
Drum zieh' den alten Adam aus
Und werfe ihn ins Wasser.«

Der Steffelbauer gab em druff
Zur Antwort: »Ungeloge,
Den alte Adam hab ich schon
E paarmal ausgezoge.
Allaans was hilft's? Bei dere Sach
Is leider des des schlimme:
Wenn ich en aach ins Wasser werf –
Der Osekerl kann schwimme.«

Adolf Stoltze

Weissagung

»Ob uns e Biebche werd beschert,
Des mecht ich werklich wisse«,
So frägt e Fraache, liebverklärt,
Ihr Männche – un dut's kisse.

»E Biebche gibt's, des is doch klar!«
Hat da ihr Mann gesproche.
»Des wußte ja die Mähd sogar,
Die de gehabbt seit Woche.«

»Wieso?« frägt ganz erstaunt sei Fraa,
»Des wärn doch Wunnerdate!
Mir ahne's net emal, mir zwaa,
Un die, die sollte's rate?«

Da odder lacht ihr Mann se aus
Un sägt: »Sei still mei Liebche!
Neu Monat hält's kaa Mädche aus
Bei dir – es is e Biebche!«

Sie wisse's ja

»Liewe Kinner, klaa Gezäppel«,
Sägt der Lehrer, »seht err hier:
Da zwei Äppel, dort zwei Äppel,
Merkt's euch, gibt zesamme vier.

Also, Fritz, du dich besinne,
Iwwerleg's genau un kihl,
Will doch seh, ob de's werst finne:
Zwei und zwei, des gibt wieviel?«

Fritz, der zoppt ehrscht an seim Krage
Un betracht sein Lehrer schlau:
»Weshalb soll ich's Ihne sage?
Wisse's ja doch selbst genau.«

Heckewerts Dodeklag

Ach, futsch sin se, die Erkorne
Bei meim Äppelwei!
Aach der letzte der Geschworne
Ging ins Jenseits ei.

Seht, da saß err bei seim Schoppe,
Uffrecht, ohne Groll,
Zwanzig daht er däglich roppe
Un ward doch net voll.

Hier des Stibbche war sein Tempel,
War sei hechstes Glick.
Er verwichste zu seim Bembel
Handkees mit Musik.

Ach, es leßt sich net beschreiwe
Wie err war erschreckt,
Als um Stoffche uffzutreiwe
Ward kaa Quell entdeckt.

Schrecklich hat der Mensch gelitte,
Alles war ihm worscht,
Traurig is err haamgeschritte
Un hat sich verdorscht!

Falsch verstanne

Es kimmt zem Äppelwei e Mann
Un frägt mit ernster Mien:
Ob man ooch hier Rum kriejen kann
So jut wie in Berlin?

Da guckt die Werrtin starr un stier
Enn aa un sägt dann druff:
»Rumm krieche wolle Se bei mir?
Da heert doch alles uff!

Hier kriecht kaans rumm um Bänk un Disch!
Was fällt dann Ihne ei?
Hier setzt merr uff sein Dookes sich
Un trinkt sei Äppelwei.«

August Marx

Mein Äppelwei

In Frankfort uff de Braategaß
emal e Wertshaus stand,
da lag e Stöffche in dem Faß,
des iwerall bekannt.

Der Gärtner Rupprecht hat dadrin
en Äppelwei verzappt,
daß jedermann is gern dahin
zur Braategaß gedappt.

Drei Rupprechts Döchter warn im Haus,
wie Äppelcher so sieß,
rotbäckig, rundlich un dorchaus
aach net e bissi mies.

Die Jingst, des dat die »Sannche« sei,
die ward mei Großmama.
Drum hängt die Lieb zum Äppelwei
bis heutzutag merr aa.

Erich Fries

Falsche Versprechunge!

Im Nizza war's, zur Sommerzeit.
Die Heidi traf ihr'n Peter.
Er strich ihr zärtlich übber's Kleid,
da wußte sie sofort Bescheid
un sagte: »Vielleicht später!

Wie wär's, wenn de mich erst emal
per Tretboot fährst spazier'n?«
Dem Peter blieb kaa anner Wahl
(war aach die Strampelei e Qual)
um ihr zu imponier'n.

Er strampelte – die Luft war schwül –
bis Griesheim un zurück.
Sie sprach: »Welch traumhaftes Gefühl!
Jetzt fahr mich noch zur Gerbermühl,
dann hast de bei mir Glück!«

Er trat's Pedal mit letzter Kraft,
die Lust war ihm vergange,
am Molekopp war er geschafft,
da is er merklich abgeschlafft,
vorbei war sei' Verlange!

Beim Aussteige, da lachte sie:
»Die Fahrt hat sich gelohnt!
Du hast jetzt Pudding in de Knie,
doch warst du kraftvoll wie noch nie
un ich – ich, bleib verschont!«

A(u)kupunktur

Des Rheuma in de beide Knie
plagt mich seit dreizehn Jahr'n.
Ich unnerzog mich gern der Müh'
zu viele Ärzt' zu fahr'n.

Aach zwei mit dem Professor-Titel
habbe mei' Leide übberwacht,
doch all die rezeptierte Mittel
habbe kaa Linderung gebracht.

Dann hat mer mich zur Kur geschickt,
mit Fangoschlamm mich eingeribbe,
mit Röntgen durch mich dorchgeblickt,
mei' Rheuma is mir treu geblibbe!

Mer hat mei' Wirbel eingerenkt
un mich mit Brennessel verkloppt,
mer hat viel Mitleid mir geschenkt,
mei' Schmerze – hat mer net gestoppt!

Jetzt is die Quälerei vorbei!
Seit heut bin ich net mehr gestraft!
De Grund? – Es klingt wie Zauberei,
mei' Fraa hat mir e Hemd gekaaft!

Des Hemd war uff Karton gesteckt,
mit Nädelcher mit Spitze,
die hab ich – bis uff aans(!) – entdeckt
un des – traf mich beim Sitze!

Vermutlich hat des, bei seim Stich,
de richt'ge Nerv gefunne,
»Au(!)kupunktur«! – Ich preise Dich!
Mei' Rheuma – is verschwunne!

K. E. Strouhs

Die Fraa Rauscher aus de Klappergass

Refrain: Die Fraa Rauscher aus de Klappergass, die hoot e Beul am Ei,
ob des vom Rauscher, ob's vom Alte kimmt, des klärt die Bolizei.

1. Am Sonndag warn mer dribb de Bach, was hamer do gelacht,
do warn zwaa Eheleut beschleucht unn hawe Krach gemacht.
Uff aamal duds en dumpfe Schlag, die Fraa lieht uff de Gass
unn alle Kinner singe laut, des mecht en Heidespass:
(Refrain)
2. En Griene hot den Fall geseh' un kimmt im Laafschritt aa.
Der Ehemann ruft ganz erschreckt: Ich hab er nix gedaa!
Mei Alt, die kennt kaa Maass un Ziel, die hot zu viel gebaaft,
drum hat der liewe Herrgott sie mit aaner Beul gestraft!
(Refrain)

3. Jetzt gehts uffs Bolizeirevier, die Buwe hinner drei.
Des is en intressanter Fall, des leucht doch jedem ei.
Der Kommissar is ganz empeert unn segt; Des is doch doll!
Der Griene, wie sich des geheert, der gibt zu Protokoll:
(Refrain)
4. Jetzt wärs genug, die Rauschern hot sich mit ihrm Mann versöhnt, des kennt mer schon un is mer aach in solche Fäll gewöhnt,
doch so en beeser Zeitungskerl dut mehr als wie sei Pflicht;
am annern Dag stets dick un braat im Bolizeibericht:

Zu diesem Frankfurt-Sachsenhäuser »Äppelwoi-Lied« bemerkt H. P. Müller in seinem illustren »Frankfurter Weihnachtsbichelche« (S. 24 ff.): »Am 12.11.1929, also mit einem Tag Verspätung, wurde ein Lied aus der Taufe gehoben, das ein Carnevalsschlager werden sollte. Heute ist es schon Frankfurt-Erkennungsmelodie: »Die Frau Rauscher aus der Klappergass'«. Tauflokal war die Mainzer Weinstube in der Kaiserhofstraße, also dürfte kein Tauf«wasser» verwendet worden sein. Textdichter ist K. E. Strouhs, der Komponist nannte sich «Bert Heuser». Wirklich hieß er Norbert Bruchhäuser. Als seine Frau nach dem Sinn des Pseudonyms gefragt wurde, meinte sie: «Bert Heuser is immer noch besser als »Nor Bruch«. Komponist und Dichter sahen nie einen Pfennig Tantieme. Auch hier fand Frau Bruchhäuser, auf diese Ungerechtigkeit angesprochen, richtige Worte: »Was solls, wir komme sowieso uff kaan grüne Zweig, un wenn mer druffkomme sollte, dann is er bestimmt frisch gestriche.«

H. P. Müller

Seckbach – net für die annern

In Seckbach ich e Wertschaft kenn
un wenn ich net de Name nenn,
dann hat des höchstens was zu duh
mit meiner eigne Seeleruh.

De Name segt aach unnerdesse:
»Mit dem is net gut Kersche esse!«
Jedoch, sein Schobbe is famos,
drum is aach immer ebbes los.

’s mag samstags gege siwwe sei,
da kimmt en Seckbächer erei
in Aweitskleidung, ganz saloppe
er will sein Dämmerschobbe robbe.

Er mecht en Schluck, verzieht die Schnut:
»Des is der e dinn Ebbelblut!«
De Wert, mit eme stille Grinse:
»Guck der die Gäst aa, no wer sin se?

De Nachbar, der hat ewe zu,
drum hab ich mehr als sonst zu duh’.
Un dem sei Gäst, des deht mer liehe,
daß die mein beste Schobbe kriehe!«

Unnedorch nach Dribbdebach

Bekanntlich fing des ja so aa:
De Karl leeft dorch die Furt im Maa,
gründt Frankfort als e greeßer Sach,
die Sachse bliebe Dribbdebach.

Erst is merr hie un her geschwomme,
dann hat e Bootche merr genomme,
endlich gabs dann aach e Brick:
nüchtern hie – un voll zurück!

Die Autofahrer duhn Promille
sich in ihrn innre Tank reifülle
un fahrn als Ebbelwei-Expreß.
Da frägt merr sich: Was soll dann des?

Naa, ich fahr net mehr iwwern Maa
zum Ebbelwei! Ich denk net draa!
Ich bin ja so en schlaue Borsch:
Ich nemm die U-Bahn: unnedorch!

Walter Weisbecker

Im Goethehaus

Des reisende Amerika
is manches Mal e Plag.
Jetz sin se hier, jetz sin se da,
Europa in acht Dag.

Sie wern von Ort zu Ort geschleift
un kriehn was vorgekaut,
was mancher net so schnell begreift,
weil er net mit vertraut.

Im Goethehaus erumgehetzt,
hat sich so'n Selfmade-Mann
mal in en Sessel neigesetzt,
weil er schlecht laafe kann.

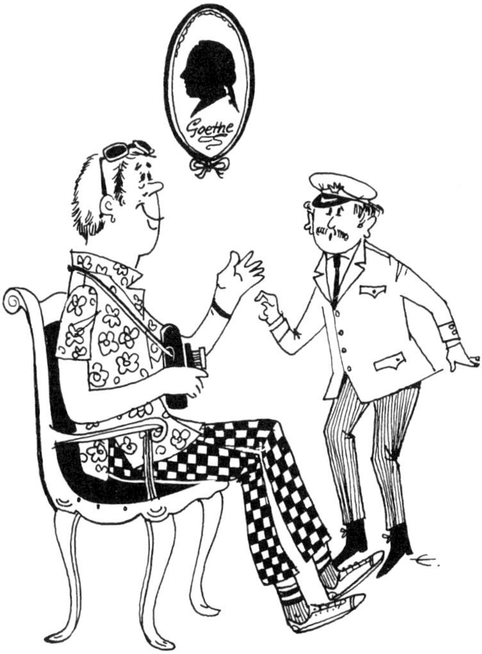

De Wärter sieht's; sägt, wie's em frommt,
des »Goethes Stuhl das sei.«
Der annre druff: »Well, wenn er kommt,
so mach ich gleich es frei.«

Rindviecher

Ich hab heut Küh un Gäul gesehe
im Taunus, uff de Weide stehe.
Des Gras war frisch, de Klee war fett;
doch glaubt ihr dann, des Viehzeug hätt

genosse all den Himmelssege?
Die Köpp sah ich se nur bewege
langhälsig dorch de Zaun gestreckt.
Weil's drauß anscheinend besser schmeckt,

des Gras, – selbst mit verdorrte Spitze.
Euch scheint da kaan Instinkt zu schütze
ihr Rindviecher, in eurer Gier.
Ihr seid genau so blöd wie mir!

Sachsehäuser Relativitätstheorie

Die Wertschaft von dem alte Jean
die word allmählich ziemlich klaa.
Weil er so'n gute Schoppe zappt,
da sin die Leut all higedappt.

Zumal aach die Portione groß.
Doch nach dem Umbau hat des Oos
die Rippcher ziemlich klaa gemacht.
Un als en Gast em des gesagt,

da hört der pfiffige Filou
dem erst aach ganz geduldig zu.
Sägt dann: »Sie liege trotzdem schief.
Verstehen Sie was von 'relativ'?

Sonst lerne S'es! Denn dadefür
is des des beste Beispiel hier.
Nur weil der Raum jetz is so groß,
scheint's Rippche klaa; doch täuscht des bloß!«

REINHOLD BRÜCKL

Grie Soß!

Sauerampfer, Pimpernell,
Schnittlauch, Petersilie, Kress,
sin die Kräuter un noch schnell,
Borasch, Kerbel net vergess.

Siwwe Kräuter, fei geschnitte,
Eigelb, Öl un Sahne draa.
Alles in en Topp dann schütte,
fertig is die Soß vom Maa.

Die Grie Soß, die schmeckt am beste,
dann, wenn Pfingste komme dut.
Un mit einer Frühlingsgeste
steigt des Griene dir ins Blut.

Frankforter Herbstdialog!

Beim Keltern saß doch so en Hobsch
hoch owwe uff de Äppel.
Vergesse war'n sein Ball un Dobsch.
En Appel aß der Steppel.

Da kam en aale Mann vorbei.
Der Klaane mit Intresse
frächt den ganz gönnerhaft un frei:
»Willst de en Appel esse?«

»Na«, wehrt der ab, aus gutem Grund, –
»Tu der Dein Hals nur stoppe!
Ich hab kaa Zäh mehr in meim Mund,
ich trink defür en Schoppe!«

Frankforter!

Mer kenne net alle von Frankfort sei,
Gott schuf aach die Eigeplackte.
Un Hergelaafene kame herbei
un suchte die erste Kontakte.

Warum is so mancher Frankforter stolz
uff sei Herkunft, muss mer frage.
Vielleicht habbe Mudder, Vadder, was solls,
ihr'n Bündel erst hergetrage.

E Herz fer Frankfort is wichtig Ihr Leut,
net des Hiersei seit Generatione.
Biste fer Frankfort, dann biste des heut,
denn Frankforter sin, die hier wohne.

So is unser Frankfort, die Stadt am Maa,
geliebt worn von Fremde, die kame.
Un wer mit uns lebt, lebt net nebedraa.
Mer all gebbe Frankfort de Name.

GÜNTHER VOGT

Der kleine Unterschied

In der Frankfurter Gegend flaniert ein Großstädter, der Agronomie unkundig. Er betrachtet sich blühende Kartoffelfelder und bemerkt da gewisse Unterschiede. Wendet sich an den alten Bauern, der in der Nähe werkt. »Ach bitte, können Sie mir sagen, warum die einen Kartoffeln rosa blühen und die anderen weiß?«
»Awwer des is doch ganz aafach, mein Herr. Des aane gibt die Gereeste und des anner die Gequellte!«

Andacht

Ein Hesse im Frühling beim Anblick blühender Apfelbäume: »Liewer Gott, ich dhu der danke fier all den scheene Ebbelwei!«

Fritz Ullrich

... beobachtete der Mann vom Fenster aus, wie sich seine Frau über den Gartenzaun hinweg mit der Nachbarin unterhielt. Als eine halbe Stunde vergangen war, öffnete der Mann das Fenster und rief: »Komm eruff, Ella! Du ziehst merr sonst noch Worzele!«, und die Frau rief zurück: »Geh fort, Willi! Uff dem staanische Boddem!«

... verwehrte die Frau ihrer Nachbarin den Zutritt zur Wohnung. Sie sagte: »Pscht! De Willi mächt grad J-o-g-a! Da derrf kaaner erei!«, und die Nachbarin sagte: »Wann Mannsbilder koche!«

... sagte die Frau: »Merr hawwe unserm Nachber sein Kanalljevochel in Loschie!« – »Hoffentlich hadder net die Mauser!« – »Also,soviel wie ich gehört hab, isser weche seiner Gall in Merschentheim!«

... unterhielten sich die zwei älteren Fräulein aus dem zweiten und dem dritten Stock. Die eine sagte: »Der Neue ausem finfte Stock, des is en richticher Dätschler! Ich binem morrjens schon e paar Mal uff de Drebb begeschent, wanner in die Arrweit is!« – »Mache Se Sache! Um wieviel Uhr is des?«

... sagte die Frau: »Ferr sooo e klaa Bildche hat de Willi sooo en lange Klowe in die Wand gehaache!« – »Ei, der guckt ja uff de anner Seit eraus!» – »Ewe! Grad hat unsern Nachber gefraacht, obber sei Laader draa uffhänge derrf!«

... sagte die Nachbarin: »Ich bewunner Ihne Ihrn Mann! Jeden Morrjen stehter am offene Fenster un mächt sei Freiiewunge!« – »Der mächt kaa Freiiewunge. Der droht dem Lackaff dort driwwe, weil der jeden Morrjen sein Fiffi an unser Hausdier pinkele läßt!«

... früh kroch der dicke Nebel bis ins Wartehäuschen an der Bushaltestelle, und der Mann tastete nach der Bank und fragte: »Sitzt da jemand?«, und eine Stimme antwortete: »Naa!«, und der Mann sagte: »Ich hätt wette möche, daß da aaner sitzt!«

... fragte der Gast im Wirtshaus: »Herr Wert, was war dann da alles in dere Gemiesesubb drin?« – »Alles, was merr im Garte so hat!« Da sagte der Gast zu seiner Begleiterin: »Dann war des en Zink' vom Reche!«

... ging der Rottweiler auf den Fußgänger los und blieb knurrend vor ihm stehen. Der Mann, dem der Hund gehörte, munterte den Fußgänger auf. Er sagte: »Nor kaa Angst net! Merr sind versichert!« Da kam der Fußgänger ein halbes Schrittchen näher und sagte: »E neu Hos könnt ich brauche!«

»Zieh dei Hosedrächer aa, Karl! Die Klaa will midder Hickelsches spiele!«

... sagte die Frau zu ihrem Mann: »Ei, guck emal, Karl, de Mond! Der liecht ja uffem Buckel!« – »Dann mächter net mehr lang, Anna ...«

»De Karl is en Agewwer. Drächt Hoseklammern un fährt middem Bus!«

»Wie merr's mächt, isses falsch. Gestern hab ich merr e Belzmitz gekaaft, un heut hab ich kalte Fieß!«

»Am wärmste mache Briggetts, wann merr se vom Keller in de finfte Stock traache muß!«

»Alle Ridd kaaft sich mei Fraa neue Schuh. Ei, manchmal maan ich, ich wär middeme Dausendfießler verheirat!«

»Die Ella in Rom! Middaachs hat se sich noch vom Babst sächne lasse, un awends hawweserer am Bahnhof alle zwaa Koffer gestohle!«

»De liewe Gott dhu ich duze, awwer zem Herr Parrer saach ich 'Sie'!«

»Merr hawwe de ganz Keller voll Wasser!« – »Mir komme mit aam Kaste im Monat aus ...«

»Am Samstag geh ich mit meiner Fraa uffen Flohmarkt!« – »Maanste, du kriehst se los?«

Heute brachte der Kellner auf einem Tellerchen zwei Kopfwehtabletten. Da sagte der Mann am Nebentisch zu seiner Frau: »Mein liewer Schollie, die hawwe der hier Portiöncher!«

»Ich hab merr vorgenomme: jeden Daach e ghud Werk!« – »Subber! Dann kannste merr emal fuffzich Mack bumbe!« – »Zu spät! Ich hab heut schon meiner Nachbern die Kadoffel haamgedraache!«

Heute fragte der Fremdling, der ein paar Schoppen zuviel getrunken hatte, einen Passanten: »Wie komme ich in die Steinstraße, Meister?« – »In die Staastraß? Warte Se emal! Gradaus hat ferr Ihne ja kaan Sinn ...«

»Owwacht! Da sitzt en Mordsschmeißert uff Ihne Ihrm Kuche!« – »Des is kaan Schmeißert! Des is e Rosin!« – »Ei, wie se sich so schee butzt!«

Taunus, Wiesbaden, Westerwald, Hinterland

RUDOLF DIETZ

Des ingstlich Fritzche

Letzt in der Biblische Geschicht
de Lährer hot de Kinn bericht,
deß die Fraa Eva, Adams Glick,
entstanne aus seim Rippestick.
Um elf Uhr dann des Fritzche kam
zum Modderche gelaafe ham
un saat un hielt die Hände beid
sich fest un ingstlich in die Seit:
Hie duht mersch forchtbar weh, Mama,
ich glaab, ich glaab, ich krieh e Fraa!«

Aach des noch

Des Gret stann met seim Schoofsgesicht
Om Dunnerschdag vir'm Amtsgericht.
Met viller Mih als irscht Geständnis
Nennt's do sein Name un's Bekenntnis
»Ledig?« daht dann der Richter frage.
Doch's Gretche daht kaan Mux nit sage.
Un »Ledig?« daht der widderhole. –
Des Gretche stann uff haaße Kohle.
Do krisch der Richter: »Mensch, ich freh dich
Zum letzemol jetzt: »Ledig? – Ledig?«
»No, wann's nit annersch is«, saat's Gret,
Un hot sich in die Stubb geleht.

Beim Barbier

In su nem Ort, huch im Geberg,
do ließ eich mich rasiern.
Der Kerl, der spuckt dr uff die Saaf
uu wollt mich dann beschmiern.

Do saar eich: »Mensch, Sie Ferkel Sie!«
Doch he sich nix draus micht.
E saat: »Nor still! Die Leut vo hie,
die spuck eich ins Gesicht!«

De Hund

De Lähre n Uffsatz gab
letzt in de deutsche Stund;
die Uffgab wor nit schwer,
e saat: »Schreibt: Unser Hund!«
E nohm de Kall beim Ohr
dann noch re halwe Stund:
»No, les dein Uffsatz vor!
Der las: »Mir hunn kein Hund!«

E ganz Schlauer

Zum Lähre 's Fritzche Klee
Letzt in der Schul gesaat hot:
»Krieht mer aach dann sei Schleh,
Wammer gar nix gemacht hot?«
»Nein!« saat der Lähre knapp.
Dann hot der Fritz gelacht:
»No, des is gud, ich hab
Mei' Uffgab nit gemacht!«

Des Schneuzduch

E' Bubche von e' Johrer vier,
Letzt bei der Kerch begegnet mir,
Un vor die Aaage hielt's die Händ'
Un hot ganz bitterlich geflennt.

Do daht eich zu dem Bubche saa':
»Mei' Kind, wer hot dir was gedaa'?«
Des Bubche guckt ganz draurig do:
»Mei' Vadder, ach, der schlug mich so!«

»Womit schlug dich der Vadder dann?«
Freht eich. Do saat der lieb' klaa Mann
Un flennt debei ganz jämmerlich:
»Ei, met seim Schneuzduch schlug er mich!«

Zum Bubche saat eich do: »Ach geh,
E' Schneuzduch duht doch nit so weh!«
Der Bub vor Schmerz kaum Worte fand:
»Mei' Vadder – schneuzt sich – met der Hand!«

Der unzefrerre Andres

Der Andres micht Kadoffle aus;
e broocht se bahl nit all nooch Haus.
»Eich hunn aach schi gedingt – kaa Wunner! –
recht vill sinn's, nor kaa dicke drunner;
des sinn jo nor die reinste Klicker!«

Des anner Johr do worn se dicker:
»Was hot mer jetzt vor all sei Meuh?
Nit emol klaane vor die Säu!«

Die Arreststunn

Der Fritz im aan Uhr hamzus geht,
E' mußt e' Stinnche brumme,
Der Vadder hot en do gefreht:
»Was duhste jetzt ihrscht kumme?«

»Ach«, saat des Fritzche, »was e' Fraag,
Bei dene schwere Sache
Muß der Herr Lähre jeden Dag
E' Iwwerstinnche mache!«

Dich aach?

De Belzehannjersch Kunrad kam
gegange vo de Arwet ham.
Im Hausgang stann sei krappig Lis;
der Kunrad saat: »No, Fraa, wie is!«

Un ganz voll Ärjer saat ds Weib:
»Do guck emol die Fensterscheib!
De Fritz dud unnerm Bett drin liehe,
guck, ob dn do eraus kannst kriehe!«

Der Vater saat: »Der krieht sei Fett!«
un kroch beis Fritzche unners Bett.
Do dad der Fritz zum Vatter sache:
»Ei will se dich dann aach verhache?«

Franz Bossong

Er scheniert sich

In Nauert*) war des Becke Schorsch
E klaaner uffgewichster Borsch,
Der saat zum Lehrer: Gebt mer frei,
Ich fittern heit allaa' die Sai;
Mei' Mutter, die des gut verstieht,
Hot grad heit nacht was Klaanes krieht.
Gewiß, mein Sohn, de Lehrer segt,
No gieh nor haam, mach alles recht,
Unn hiet mer richtig Haus unn Hof,
Die Gäns, die Sai unn aach die Schoof.
Am nächste Morjnt um halwer acht
Kimmt unser Schorsch erinn unn lacht
Unn seet: Herr Lehrer gebt mer frei
Ich fittern heit allaa' die Sai;
Mei' Mutter, die des gut verstieht,
Hot als noch ebbes Klaanes krieht.
De Lehrer Hummel is ganz starr,
Betracht' den Bub als wie en Narr:
Naa' Schorsch, des gieht nit so geschwind,
Mer krieht nit jede Nacht e Kind!
Do seet de Schorsch in Seeleruh:
Herr Lehrer, heere Sie bloß zu,
Ich hunn mich bloß scheniert ze sah'
Des aane kam nit ganz allaa',
Dann wie des halt im Lewe gieht,
Mei' Mutter die hot Zwilling krieht.

*)Naurod

Der Metzger Paulus

Im Rhei'gau drunne war emol
En Parrer, grundgescheid,
Voll Abbedidd unn voller Dorscht,
Drum war sein Bauch so weit.

Der saat am Sunndagvormiddag:
»Kumm, Katrin, sei mer brav,
Unn hol beim Metzger Paulus rasch
Des Flaasch noch –, awwer laaf.

Er hot e Lendestickelche,
Ich hunn's vorhin geseh,
Des loß der gewwe, Katrinche,
Es war so wunnerschee.«

Die Katrin lääft bei'n Paulus hi',
De Parrer lest sein Versch,
Unn noochher treffe sich die zwaa,
Wie immer, in de Kerch.

De Parrer predigt voller Wucht,
Dann widder sanft unn schlicht,
Unn hot die Sinder in dem Heft
Geheerig all gericht'.

»Apostel Paulus«, rief er aus,
»Das war noch so ein Mann,
Der tat die Sünder dieser Welt
Mit Recht in Acht und Bann.

»Ja, was sagt Paulus«, rief er laut,
Als grad die Köchin kam.
Erschreckt und staunend stand sie still
Aus Forcht unn halb aus Scham.

»Ach Gott, Herr Parrer«, seet se do,
»Ich hunn kaa' recht Courag,
Er saat, bezahlt des anner erscht,
Dann krieht ihr widder Flaasch!«

Die gut' alt Zeit – Aus Alt-Wiesbade

Bei eme Metzger in de Kerchgaß hot in de 50er Johr recht oft e Hackklotz vor de Dihr gestanne. Uff aa'mol kimmt de alt Bolizeidiener Seibel unn segt: »Was soll des Hackklotz do?«

Wie dann der Metzger vor die Ladedihr kimmt, set mei' Seibel weiter:

»Wann des Hackklotz nit binne ere halwe Stunn eweck is, dann solle Se emol was erlewe!«

»Kettche!« – rieft do de Metzgermaaster in die Lade ennin – »wickel emol dem Herr Seibel e Lewwerworscht inn, waast de, aa' vunn de frischgeschlachte.«

Mit ernster Mien seet do de Seibel: »Des Hackklotz kann steh' bleiwe.«

Otto Nielk

Dodesgedanke

Grußvadder, Grußmudder, se sitze vorm Haus,
Schun duhn sich die Blätter entfärwe,
Es raschelt des Laab schun, mer sieht's, die Nadur,
Se denk jetz' allmählich ans Sterwe.

Der Grußvadder segt do zur Grußmudder ernst
Unn duht sich erab zu ihr neige:
»Zum Dodesschloof leet sich die Erd' widder hi',
Das is for uns Alte e Zeiche!«

Sie awwer segt: »Mach' kaa' Gedanke dir nit« –
Unn sie rickt aa' sei' Seit' nor noch fester –
»Denn guck: Wann der Herrgott vun uns aans sich nimmt,
Zieh' ich nooch Ems bei mei' Schwester.«

Wilhelm Jacoby

»Ich kann Ihne nit helfe«

»Ich kann Ihne nit helfe,
Verehrte Frau Schmitt:
Acht Tag Gefängnis!
Unner dem nit!«

»Das bringt mich, Herr Richter,
Noch lang nit in Trab,
Die sitz ich mit mein'm äne
Hinnerbacke ab!«

»Dann gewe mir Ihne
Noch acht Tag dazu,
Sonst hätt doch Ihr annerer
Backe kähn Ruh.«

Mißverstanden

Der Präsident vom »Liederkranz«,
In seiner Körperfülle Glanz,
Hat Audienz beim Großherzog,
Der gleich ihn in's Gespräch auch zog:
Ob Neues im Verein es gab
Und ob er zugenommen hab'?
Der Präsident,
Behend,
Antwortet mit devotem Mund:
»Seit Pfingste, Hoheit, zehe Pund!«

Dodeweeche oder de Maikäwwer

Die Prozession durch Flur und Feld
hat vor de Kerch sich uffgestellt
mit Kerze, Kreuz un Fahne.

»Nit alsfort hin- und hergerennt
Ihr Buwe! Falt' auch schön die Händ!«,
duht de Herr Parre mahne:

Kaum ging's enaus in die Gemack,
do deht des schleechte Buwepack
de liebst schon widder doobe.

De Fritz nur hat die Händ gefalt'
un hält se vor sich mit Gewalt.
De Parre duht en lowe.

Doch wie die Prozession vorbei,
verklunge Psalm un Litanei
un aach de letzte Seeche,

do läßt den Parre schnell der Fritz
'mal lubche durch en Fingerritz:
»Herr Parre, dodeweeche

mein Händ so brav gefalt' heut sin,
sonst mecht mein Maikäwwer sich dünn«,
seet's Fritzche ganz verleeche.

De Auszieh-Disch

En Möbel-Reisende, der hört,
daß Beckersch Siss will Hochzeit mache,
gleich hordich bei de Vadder fährt
un offeriert die schönste Sache.

»Mei Dochter« seet der »hot Gefiehl
un duht nur des Modernste wähle.
Was meene Se – des Kind hot Stil.
De Disch nur deht em dezu fehle.

En «Auszieh-Disch» des wär sei Glick ...
(Ich waass nix von so Herrschafts-Bosse)
Gibts den in Ihrer Fawwerik?«
»Den kann ich Ihne komme losse.«

De Vadder brummt: »En Ausziehdisch!
Was Aasprüch hot des Oos, for hooche!
Mei Greda hot ihr Lebdaach sich
uff ihrer Bettkant ausgezooche.«

Dem Jaab sein Has'

(in original Kiedricher Mundart)

De Jaab als »Hofmann« im Aggord
For's Parrgut hot gegrawe.
Als »Knebberer« kennt mer'n im Ort:
Manch' Hesje mußt' droo glaawe!

's war Treibjagd draus am Scharfeschdoo,
's hot wels geknallt, gerumbelt.
Da kam en Has uf nor drei Boo
Im Jaab sei Zeil gehumbelt.

Dar heeht me'm Karscht em werre's Hern:
»Du gibst mein Suundaachs-Broore!«
Un micht sich droo, en zu verschärrn,
Daß nix en deht veroore.

En Jeecher kimmt un freht de Jaab:
»Was duhste'n do verscharre?«
»Jo« seeht de Jaab (un stellt sich daab)
»Dar Wingert heert em Parre!«

»Hosde koon oogeschossene Has
Gesieh vebei do hinke?«
»Ei, Sie hunn recht, hät isses, haaß,
Do kennt mer ebbes drinke!«

De Jeecher gieht un seeht: »Adschee,
Gell, Mooschder, gude Moje!«
»Jo, unsern Parre, dar is zeeh:
s'gibt 10 Mark nor for'n Moje!«

De Jaab guckt schepp mol newenaus,
Bis dar do war verschwunne.
Grebt dann sei Sunndaachs-Hesje aus,
Hot's in sei Scherz gebunne.

Un haamzus lacht er sich en Ast
Un brummelt uuvedrosse:
»Ääch heern ganz gut, doch – wanns nit baßt –
Kann äächs aach bleiwe losse!«

So'n Rindviech

De Schaa kimmt haam, sternhagelvoll.
Sei Siska schennt en aach wie doll:
»Ei, schämste Dich, alt Voll-Eul, Du!
Du bist jo dümmer als wie'n Kuh!

So'n Rindviech waaß – wahrhafftchen Gott –
wann es genug gesoffe hot,
un wann's kaa Wasser nit mehr maach.«
»Ei, Fraa! Beim Wasser waaß ich's aach!«

Hanna Feldmann

Kerberomanze

Des Lottche steht vorm Spichel
un dut sich fei frisiern.
Heut abend will de Michel
se uff die Kerb mal fiern.

Der Michel kääft dem Lottche
e Portion Eis erst schnell,
dann fahrn die zwaa ganz flottche
e bissi Karessell.

Er wollt mit ihr dann kose.
Vor de Schießbud bleibt se steh:
»Ach Michel, guck die Rose,
was sin die ja so schee!

Ach, schieß mer doch en große,
en dicke Strauß devoo,
un hab ich erst die Rose,
dann kriehste aach dein Loh'!«

Der Michel sächt: »Des kann ich,«
er nimmt aach des Gewehr,
»du gibst en Kuss mer, wann ich
die Rose treff – nachher!«

Un des Gewehr dut knalle!
Der Michel trifft net gut,
kaa aanzich Ros dut falle.
Des Lottche zieht e Schnut.

Guck – nebedraa – beim Hanner,
da trifft doch jeder Schuß!
Aa Ros fällt nach de anner:
Der Hanner krieht de Kuss!

Drum – willst kisse du un kose
an Kerb – sei uff de Hut.
Kaaf lieber ihr die Rose!
Manch aaner schießt halt gut!

De schläächte Miller

Es hat emal aus voller Brust
die Kinnerschul gesunge:
»Das Wandern ist des Müllers Lust ...«
Es hat sehr schee geklunge.

Die Gertrud Müller zieht e Schnut,
des will ihr net behaage.
Dehaam da dut se voller Wut
zu ihrer Mudder sage:

»Zur Kinnerschul, des sag ich Euch,
dut Ihr mich net mehr bringe.
Die dun ja lauder bees, schläächt Zeuch
da von meim Babba singe!«

»Bees Zeuch vom Babba? Ei, ei, ei.
Was dun se dann da singe?«
»Des muß en schläächte Miller sei,
dem's Wandern nix dut bringe.

Der Babba ach net wandern dut,
sonndags sei Ruh nur will er.
Doch trotzdem isser lieb un gut:
Der is kaan *schläächter* Miller!«

EUGEN ERNST

De letzte Wille

E Fraa, die kaam vom Leichegang,
do hots 'r oarch gefalle.
De Trauertext unn Liedgesang
hatt' die Verblich'ne festgehalle.

De Parrer hatt's do wirklich leicht
unn kunnt goar treestlich redde.
Des so was einst zur Ehr gereicht
aach ihr – druff will se wedde.

»Aich schreiwe in die Biwel rin
'mein' Text unn aach die Lieder
unn sache – edel wie ich bin:
dann, Ahler, heirat wieder.«

Des heert sich an in Ruh de Ahl,
dann secht der Mann ganz heiter:
»Ei, do sterb doch erst emal,
dann sehe mer schoo weiter.«

De »Unn-do« unn soi Feuer

De »Unn-do« war im Taunus drauße
en originelle, liewe Mann;
fast jeden Satz fängt der Banause
stotternd mit em »Unn-do« an.

Einst stand sei Scheuerche in Flamme,
ja – wer hat do die Schuld daran?
Mer wollt en annern scho verdamme,
da fande se e Äschekann.

Sie nahme'n »Unn-do« ungeheuer
ins beese Kreuzverheer sodann:
»Wie kam die Äsche in die Scheuer
unn die Glut do in die Kann?«

Der »Unn-do« fängt bahl oo se flenne
zoum Herzzerreiße – was e Schann!
»Unn – do – ihr duht mei Unschuld kenne,
ich mach's aach nit mih«, sächt der Mann.

Die Frooleichnams-Prozession eam Geberg

Oarg trocke woar der ganze Mai
un groo woarn Waald unn Wisse.
Huuch eam Geberg do goob's kaa Hei,
mer daht de Räje misse.

Die Prozession, die koom ean Gang,
des woar e bunt Gewimmel.
Mer bitt' um Räje – meat Gesang –
doch brennt die Sunn vom Himmel.

Vorne weg de dicke Franz
des Kruzifix off hucher Stange.
Dann koom die schee geschmickt Monstranz
unn dann de Musikzug gegange.

De Festzug kimmt eans offe Feld
unn die Posaune bloose –
doch dem Franz doas nit gefällt
doas laude Juwwelier-Getose.

Er daht sei Äckerche me'm dürre Klie
selbst aus de Näh' noch kaum erkenne.
Do iwwerkoom en Herzewieh –
mer hätt' groad met kunn flenne.

Er nohm vom Schnaps en diefe Schluck
unn senkt die Stang erunner:
»Eas doas vielleicht en Klie – do guck,
leijb Hergottche, da duh e Wunner!!«

De Dezimalbruch

De Nochber Robert treibt gern Scherz
mit'm Christian, was hoste, was gibste,
dann trächt der Christian gern sei Herz
off seiner Zung am liebste.

Er schwadroniert, unn er gibt an,
was er geseh schon in seim Lewe,
unn was er alles schaffe kann –
off alles kann mern Christian hewe.

»Aich kenne Hinz unn kenne Kunz
unn duh die Staabrich kenne
unn hab geschafft nit nur bei uns,
aach uff de Höh', die kann ich nenne.«

De Christian redd unn redd unn redd
von dolle »Bruch«-Geschichte.
Do sächt de Robert: »Uff die Wedd,
aan Bruch kennst du mitnichte;

des is de Dezimalbruch – Mann,
jetzt biste awwer an der Reihe!«
De Christian schwätzt so schnell er kann:
»Rechts von de Saalburg duht der leihe«.

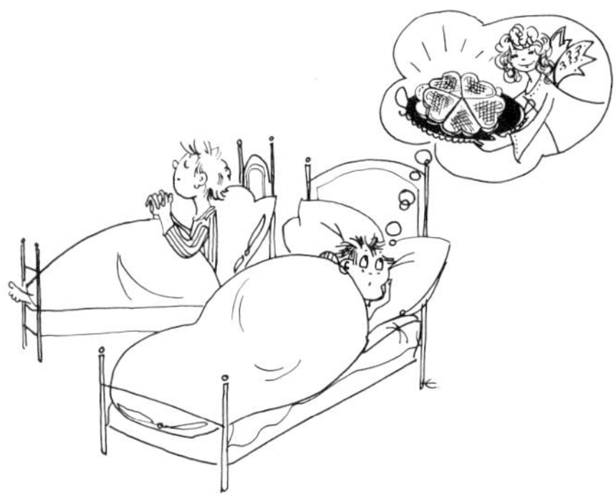

Helmtrud Rückert

Vo Engel un vo güldne Waffeln

Mein Bruder Dagobert dat bete:
»Weil ich Jesu Schäflein bin,
freu ich mich nur immerhin,
und nach diesen Erdentagen
werd ich Engel heimgetragen.«:
Ich konnt des net verstieh
un aach net glawe:
Worum wor der en Engel
un ich kaan.
Dann daat der weider bete:
»Stell uns die güldnen Waffeln
ums Bett
und deiner Engel Schar.«
Ich hab die ganz Nacht
kaa aanzich Waffel net gesehe
un aach vo dene Engel kaan.

Des mißverstannene Geschenk

»Und Helmchen kriegt ein Werk
vom Christkind dieses Jahr«,
su sproch de Vadder,
un es wurde wahr!
Die Brüder daade mit mir
simmeliern
und schbindisiern
des Werk wurd' als gewaldicher
un die Geduld als klaaner,
doch was e »Werk« war,
wußt kaan aaner.
De Heilich Owend koom,
mei Herz daad bobbern mir
bis in die Aache.
Das »Werk« lag unnerm Dannebaum
's war net z'm saache:
Grau unscheinbar a Buch
noch net amol e Schleifche drim
»Die Erde und das Leben«
's war arch schlimm!
Mei Herzche sank m'r in die Hos,
das soll e Werk sei? Naa!
Ei, Vadder, naa, was denksde dir dann bloß?
Lieb Chriskind, nimm die Erd
nur widder mit un aach des Lewe,
das ist doch nix für mich,
das kannsde grad nem annern gewe,
ich wollt kaa »Werk«
ich wollt a Bobbekich!

Ludwig Rühle

Grittche, geb dich!

Immer sär hä: »Grittche, geb dich!«
Doch däs Grittche dout däs net.
Schaffe murres, woihle murres
un kaa Keitche rouht däs net.

Naut wäi Ärwet, naut wäi Ärwet,
morjets schun en aller Froih.
wann »Hä« owends daa deham es,
daa »Genoocht«, daa es »Is« moih!

Moih wäi n Hack fällt en de Färrern*).
Im un weg, däs es grod aans!
»Un eich ormer Eich« – su kormcht hä –
»sei wäi off dr Welt elaans.

Sehj wäi s Mondlicht en dr Kammer
stell etz off ihr Bettdeck fällt.«
Un daa denkt »Hä« bei ihrm Schnorkse:
»s kennt su schi sei off dr Welt!«

*) Federn, gemeint ist hier das Bett

Kadoffelsopp

Eich esse de Kadoffelsopp
grod fir mei Läwe gern,
wann Speck und Zwiwwel dru gerihst[1)],
do kennt eich aaflich[2)] wern!

De Haptsach es däs Dicke drenn,
recht vill un däs recht gropp,
n Sopp, däi mr net kaue kann,
däs wär mr aach n Sopp!

Un aamol, wäi eich mr mein Leib
mol wirrer voll gedou,
do guckt mr als mei Fraa – ds Gritt –
su sonnerlich metzou

un wackelt als me m Kopp un sät:
»Wos hälst dau e Gekau!
Dau seist doch grod ds Gejestick
vu urrer ahle Sau!

Dau schlabbchst jo als däs Dicke nur,
däi Sau doch en ihrm Schlog,
däi siwelt nur de Broih eraus
un s Dicke bleibt em Trog!

Drbest, eich koche grod en aam:
Däs Dicke, däs kräist dau –
un s Dinne un de Broih un su
däs gäw eich daa dr Sau!«

1) geröstet, 2) einfältig, kindisch

De Memm[1]

Wos dout mr net all, ihr Leu, fir de Läib?
Un säit mr sich net, ei daa schreibt mr n Bräib!
En dr Stob drenn do hirt mr n Marrercher-Stemm:
»Häi, Mamme, gih saa mr, wäi schreibt mr daa »Memm«?
Doch em Ihrn[2] draus de Mamme denkt offaamol ganz err:
Wos schreibt daa däs Minsch seim Borsch fir Gescherr?
»Ei wann ds net waast, schreib e annersch drfir,
eich sei en däi Werter net su bewannert wäi ihr«.
»Dös giht doch nett, Mamme, wann ch e anner Wort nemm,
eich kann doch kaa annersch häi brauche wäi Memm!«
»Ei wann ds m ubedingt hi schreiwe mußt,
ei daa schreib m doch läiwer ... no meintweje: Brust!«

»Ei Mamme, eich glaawe, s es en Schraub bei dir lus!
Eich fräje mein Kall häi em Bräib jo doch blus,
e sellt mr doch schreiwe, ob e bestimmt
mem[3] Postauto or mem Dreiauernzug kimmt.«

[1] Memm = weibliche Säugebrust, [2] Ihrn = Ern = Hausflur und Küche [3] mem = mit dem

E Schaustick

Als irschter off dr Säuferlist
stan häi dr Konrod Kneller,
der wor, wäi ihr en Weilborg wesst,
e Schaustick vu m Beller[1].

Sei Kundschaft worn nur reiche Leu:
Suwäi de Schell gezuhe,
koms Geld wahrhaftig aus de Bäu
gleich groscheweis gefluhe.

Beim Hofrot Herz erlebte doch
emol e werklich Wonner:
Der worf m dorch sei Fisterloch
stots finf blus aan eronner.

»Aan Grosche blus? O mei! O mei!«
blärrt do mei Bellmann Kneller,
»Baaaich, ihr wollt Hofrot Herze sei?
Soicht och n annern Beller!«

[1] Bettelmann

W. Reitz/H. Dern

Wäi e kloa Maadche soin Nome kroch

Etz vezehn ich auch eabbes aus de froihere Zeit,
wäi des Willämche soi Dine gefreit.

Se woar des schienste Maadche em goanze Oad,
so schieh, wäi m'r sonst koans geseje hot.

Se hat bloe Aache, en Backe wäi Ruuse,
en woas konnt se so schieh met ihr'm Willämche schmuße.

Off oamol kooms so, wäi 's komme muß,
es blebb net nur bei em zärtliche Kuß.

Doann moachte se Huchzet, doas woar e Proacht,
die Ahle harre zwaa Wutze geschloacht.

Des Willämche woar glecklich, etz harre soi Dine –
se woar aach wirklich die Schienst vo de Schiene.

Noch em knappe halwe Juhr, es woar so wäi ich's auch soa,
do beaß doach de Storch de Dine en's Boa.

En de Wieje läg e Maadche, wäi die Dine so schieh,
woas geng doas so schneall, m'r konnt's kaum vestieh.

Doann woar iwwerloacht: Wäi woann mersch doann haase?
De Nome sollt joa aach zou dem schiene Kend basse!

De Willäm saad: Dine, m'r haase 's *Frieda*,
doann soa doach emol sealbst, es woar doach zou frieh da.

Die Kinderlähmung

Die Oma, schut e ahle Fraa,
däi zugg dear morjet's Dorche aa.

Doas woar fier se e härte Tour,
doas Keand, doas woar schut fast zwä Johr.
Da sei se nitt mie goar so kläi,
se rouhe nitt, winn uff die Bäi.

Eann wäi se's aagezohe hat,
do woar die Oma wirklich platt.
Doas Keand doas konnt jo naut mie gieh,
wann's uffstann, fäil's gleich wearre hie.

Eass grusch eann heult, aaich kann ach saa,
die Bäi däi deares nitt mie draa.
Do packt aa's Herz däi ahle Fraa,
läif fott eann räif der Dokter aa.

»Herr Dokter aaich sei so benomme,
Se misse gleich mol reawwer komme.
Ois Dorche kann jo naut mie gieh,
eann heult, als derem alles wieh.

Ach, aaich gläwe ganz geweass,
diss doas die Kinderlähmung eass.«
Do easse wearrer häim gesaust,
schut kam der Dokter aagebraust.

Zoum Innersuche sollt däi Fraa,
deas Kläine Dorche nackich maa.
Se hat's halb aus so ugefihr,
do sät der Dokter, was eam wier.

Uhne Spritz eann Arzenaai,
woar die Krankhät schut vorbaai.
Der Doktor soag, däi hat der doch,
zwä Bäicher eann imm Hoseloch!

Der kurze Transport

Einst fouher inn Ronzhäuser Mann,
häimzous mit seim Gäulsgespann.
E kam va Gloarbach mirrem Waa,
do läiß se hau sei Gäul beschlaa.

Eann wäi e kam bis fier die Danne,
do wu die Kirschebäime stanne,
moicht häimzous e Holzhäuser Fraa,
deat uff eam Kopp deas Kirbche draa.

Doas woar so voll, die Hitz deat dricke,
eann mit der Hinn do deat se stricke.
Eann innerm Ärm, do hat se's Goan,
»Brrr«, säre, »willt ihr mit mir foahn?«

Eann schut wollt se der Waa äach nuff,
he packt der Ärm, eann half er druff.
Doas woar der jo e Fraa e dicke,
däi deat bestimmt zwie Zintner dricke.

»Och«, sät se »wäi dout doas so gout,
wann mer e bische rouhe dout.
Ach, aaich sieh doas immer mieh,
deas Foahn eass besser wäi deas Gieh. –
Ach, Mann, aaich mecht jo laure heule,
ei, wäi hurr ihr dorre Gäule!«

»Robb vaam Waa, Holzhäuser Fraa,
sowas luß aaich mer doch nitt saa.
Mei dorre Gäul, – los, oabbgestiee,
däi sinn daaich dicke Fraa nitt ziehe!«

Horst Helfrich

Erkennungszeische

Die Omma Änne aus Holzhause
koom zou der Enkel mol hej drauße.
Unn wie sie do die drei so sehjt,
hott sej om Duur en Schloach baal krejt.

Net schwärzer kinne Roabe sei,
wie o' der Dier die klaane Drei.
Se määscht mol wisse, soaht'se do,
wann woar o' eusch mol Wasser dro?

Mer waaß jo goar net wer ihr seid,
de Dräck e'noff zom Himmel schreit.
Do soaht dä Kleenst zur Omma Änne,
mir doun uss o' der Stimm erkenne.

Dä Trick

Die Fraa vom Eisebehner Botz
kroach vo ihrm Nochber Schmidtsche
e' Gaaselämmsche hej geschenkt,
doatt woar so klaa Profitsche.

Doch hat'se Last do met dem Vehj,
doatt wollt unn wollt net drenke,
drim doat'se gleisch em nächste Doach
ihrn Schritt zom Dierarzt lenke.

Dä soaht, lejb Fraa, doatt hommer gleisch,
s'ess net zom Hoar' ausraufe,
setzt ihm vom Botz die Dienstkapp off,
da dout's bestimmt gleisch saufe.

Dä Dormel

De Friedrisch stann vier'm Traualtar,
sei Bettsche fest em Orm,
unn dene zwaa woarsch sonnerbor,
ims Herz so ristisch worm.

Do frooch de Parrer feierlisch,
oab sej saisch wollte nomme.
Dau Dormel, soaht dä Friederisch,
mannst dau, sost wärn mir komme?

Fruihsteck

Zwaa Tippelbruirer troofe saisch
hej kerzlisch morjnds om siwwe.
Dä aa' soaht nur: »Aisch ormer Aisch«,
dä anner hott gepiffe.

Do froocht dä Piffer, dick unn fett,
sein Freund, om ihn ze foppe,
oabs noch kaa Fruihsteck gewwe hät.
»Oach woatt, kaan aanz'sche Troppe.«

Kontroll

De Schutzmann Flosse stopt de Jupp
met seiner Limusine,
unn frähtem nochem Führerschei',
doatt wär nur so Ruttiene.

Wellst dau'en sehj, froocht ihn de Jupp,
naa, soaht dä' Schupo Flosse,
nur wenn' de kaane bei'der häst,
hät aisch mer'n zeische losse.

Mickeschutz

Zwaa Micke ginge mol spaziern
aa' hat gewiß en Fimmel,
se truuch en rosa Sunnebrill,
obwohl kaa Sunn om Himmel.

Die anner soaht, bist dau noch kloar,
hej weil so Deng ze traache?
Da flehje mir, soaht die bebrillt,
kaa Micke en die Aache.

Geschichten in freier Wiedergabe aus dem Hinterland, die mein Vater, geboren 1894 in Wallau (heute Ortsteil von Biedenkopf), zu erzählen pflegte:

Ein altgedienter Arbeiter in einem kleinen Hammerwerk auf der Ludwigshütte bei Biedenkopf berichtete an einem Wintertag seinem Chef mit leicht ironischem Unterton von folgender häuslicher Begebenheit:
»Neilich om Sonndoag, do sass eich i der Kiche un sah offem Hof e poar Veijen (Vögel). Liesche, saar eich zu meier Aahle, wos sei doas da fer Veijen? Ei Karl, ahler Bläss, sahts Liesche, wääß de da net, dos sei doch Spatze! – Sehn se, Herr Lettermann, so es doas. De Morje, wann eich off die Ärwet gih, es donkel. De Owed, wann eich hääm komme, es aach donkel. Ei, eich kaante doch kää Spatze mieh!«

Der »aale Lutter«, ein Bauer aus Wallau, hatte in der Lotterie gewonnen. Daraufhin lud er als erstes seine Freunde zu einem Umtrunk ein. Als er spätabends hagelvoll nach Hause kam, hatte sein Eheweib aus Zorn die Haustür zugesperrt, so daß er im Laubstall beim Vieh übernachten mußte. – Ein Jahr später wollte es der Zufall, daß er ein weiteres Mal gewann. Als ihn seine Freunde in der Hoffnung auf eine neuerliche Einladung dazu beglückwünschten, meinte er nur lakonisch: »Woas hääßt do Glick? Jetz fingt doas Stallgeritsch scho wirrer oo!«

Der Karl aus Wallau und das Lieschen aus dem benachbarten Weifenbach*) hatten ein Verhältnis miteinander. Eines Tages trafen sie sich wieder einmal heimlich zwischen den beiden Ortschaften an der sogenannten Bollerbrücke, die mit Holzbohlen belegt war

und deshalb »bollerte«, wenn die Bauern mit ihren Fuhrwerken drüberfuhren.
Erst vergewisserten sich die beiden, daß niemand in der Nähe war, dann sagte der Karl zu seinem Schatz: »Liesche, wann merr ins jetzt dricke, dann guck eich no Walle und Du guckst no Wäfeboch. Merr murre ofbasse, daß ins kääner sieht.«
Gesagt, getan. Doch als die Umarmung zunehmend leidenschaftlicher wurde, seufzte das ganz außer Atem gekommene Lieschen: »Karl, guck Du noch Walle *un* no Wäfeboch, eich hoarn un sieh naut mieh.«

*) Beide Ortschaften sind inzwischen nach Biedenkopf eingemeindet worden.

Günther Vogt

Grenzverletzung

Da, wo das Nassauische und das Hessische die Grenze zusammen hatten, gab es dichte Wälder, und die Wilderei hatte etwas besonders Prickelndes, weil es ja nicht das eigene Wild war. Ein schlitzohriger Nassauer hatte also wieder mal übergejagt und war vom hessischen Förster erwischt worden. Flink sprang er über den Grenzgraben und streckte dem Grünrock die Zunge raus. »Du kannst mich emal«, lachte er und schritt gemächlich von dannen. Der Förster überlegte nicht lang, nahm die Flinte hoch und schoß dem Wilderer eine Ladung Schrot in den Hintern.

»Gelle, das hättste net gedacht, daß ich so e lang Zung hab!«

Wetterau, Vogelsberg, Kinzigtal

Peter Geibel

Nochbersch-Weiwer

Zwoo Nochbersch-Weiwer, manches Juhr
– zwaa Öser woarns, zwaa dolle –
däi loahe sich oft in de Huhr
ean hun sich als gescholle;
do stanne se fihr ihrer Dihr
ean woarfe sich ihr Schanddoat für
ean deare sich vehätze,
de Bouwe zoum ergäzte.

Die Lisbeth reuft: »Dou beast nix notz
ean brauchst näit su se maule,
dou läibst de Schloof, ean leßt eam Schmotz
dei klanne Keann verfaule!
Dou host joa noach kaan Stromb gestobbt,
pfeu Deiwil, wann e Weibsmensch schnoppt!
Dehst dou dein Motze flecke,
doas deht sich besser schecke!

Dou woarscht als Maadche schund nix wert,
dou dorr Gespenst, dou Scheusil!
Ean hätt dei Mann fürm Kopp kaa Breat,
dei Säukopp meat seim Reusil

se weßt r, woas aich besser waas!
Dou Eul, dou Schnihgahs, dou Geschmaaß!
Dou Schlapp-Madam, dou Knuddil
meat Schnobbdewoaks-Duhs ean Puddil!«

»Mir stiht joa mei Verstand baal stell!«
reuft Nochbersch Grith betroaffe.
»Däi Zaureub eaß joa doll ean well,
schweih stell, doa beast besoaffe!
Dou host n däife Zuhk gedoh!
Gih haam, sonst brennt dei Mehlsopp oh!
Gih, fleck deim Mann sei Huose,
dou Söffern, stoatts se ruose!

Dou Beallmensch host nix Ganzes mih,
dou Bambil-Lies, dou dreackig,
dou must noach speerer boarwes gih,
dou Prieß, dou sommerfleckig!
Deim Mann, deim Flehl, deim scheppe Hond,
deam rinnt joa alles dorch de Schlond,
der Lomp versäuft joa alles,
drim hot ihr aach de Dalles!«

Su mache sich däi Nochbersch-Zwoo
bei Doage Komplimente.
Nooch wuohne se doach vill se noh,
als daß se hasse könnte.
De Owend bei dr Kaffidaß
doas eaß joa vo der Sach dr Spaß
do setze se sesamme –
die annern se vedamme!

Die Zeire ännern sich

Löpps hatt dr Gritt die Kuhr gemoacht,
däi wollt nix von em weasse,
doas kränkt ean, grämt ean Doag ean Noacht,
r huot sich bahl verreasse.
Sei Voatter prerrigt daawe Uohrn:
»Doas huost de näit nutwennig!«
Doch allgemach wuhr meat de Joahrn
ds Löppse goar verstennig.
Ds Gritche eas aach äller woarn,
kaa Borsch gong näit mih bei se;
sie harr ihr schie Gesicht veloarn,
ean zählt zoum ahle Eise.
Sie nähm de Löpps etz gern zoum Mann.
Doch waaß mr woas der denkt:
Ean wann aich se etz kräije kann ...
Aich will se näit geschenkt!

E luostig Foawil[1]

De Bock meat Hörner eann meat Boat,
der horr eam Wisseborn gesoaffe.
Sei Konterfei woar all dr Stoat
eam Wasserspiehl goar wuhl getroaffe.

Etz wäi r su sei Bild betroacht,
do sähre zou sich: »Donnerwetter!
Aich sei e Kerl doach, all die Proacht;
uf weit eann braat eaß kaner netter.

Woas hun aich näit n stolze Boat,
wäi sti mei Hörner koih eann mourig;
mei Aage rolle wäi e Road,
aich sei e Held eam Streit su blourig.

Mei Steamm, däi eaß dm Donner glaich;
mei Körper träht de Mannhaat Stempil.
Woas sei de annern gähje maich?
Nur oabgeleabter, ahler Krempil.

Härr aich de Wolf eatz ean de Goarn,
s deht sein Innergang bedeure;
r wir meat Haut ean Hur veloarn,
e Bloutboad gebs, Gott solls verheure!«

Doach harr e knapp ds Woart gesaat,
do guckt de Wolf schud heanne iwwern.
Herr Jesus, woas e Herzelaad!
Woas wird de Bock e Bloutboad liwwern!

Etz frehkt de Wolf: »Häi, geab Beschaad
bei mir meat deier Kraft se poche!?
Woas hoste häi vo mir gesaat?
Etz met de Foarb eraus, dou Knoche!«

Dr Bock, der woar für Schreacke daab;
m deucht, doaß he geleabt om längste,
nooch zirret r wäi Äspelaab
ean stammilt dann ean dausig Ägste:

«Aich waaß wahrhaftig nix devo,
aich hu beim Trunk, beim volle Kiwil,
die Äußerung eam Soff gedo!
Gevoarremann, nomms nur näit iwel!«

[1] Foawil = Fabel

Karl Reinhardt

De Borjemaster vo Meiches

Gure Nowend beisomme. Eich sein de Borjemaster vo Meiches. Eich sein fruh, doaß ich do sei. Eich komme direkt vo Darmstoadt. Woas mir dert passiert eß, muß ich auch doach verzehle.

Letz bei dem oarje Sturm, do woar enserm Parrer sei Hofdor kaputt gange. Woas woar ze dou? Eich hu mein Gemanerot zesommebestalt un hu em die Sach vörgelegt. Eich sat: »Doas giht ens naut o, doas musse däi en Darmstoadt mache!«

So hu mer beschloasse, doaß e Kommission nooch Darmstoadt zoum Großherzog foahrn soll. Wen hu se do en die Kommission gewehlt? Meich un mein Brourer Hannes, weil mir die zwa Gescheitste em Doarf sei.

So hu mer ens för zwa Doag met Schwoartemoage beloare un sei nooch Gäiße gelambastert. Dert hu mir en Werreraer Botterhenneler ausfinnig gemoacht, der hot ens of de Eiseboh metgenomme. Wäi mir korz vör Frankfort woarn, guckt mein Brourer Hannes groad zoum Finster enaus. Of amol kreischt'r: »Ihr läiwe Leut, gebt oacht, jetzt passiert e gruß Ungleck: mir foahrn en'n gruße Gloaskaste enen!« 's eß oawer weirer naut passiert, der Gloaskaste doas woar nur de Frankfurter Bahnhob.

Häi hu mir ens Billetter nooch Darmstoadt geliest un sei en e Kuppee enen.

Wäi die Hering woarn mir do engepercht, kaner hätt mieh schwimme konne. En Darmstoadt kome mir en so e gruß Strooß, doas woar die »Rheinstrooß«. ... Vom Rhein woar oawer bei Gott naut ze seh!

Of amol kom de so e Schees bei us met vier weiße Schimmel devier. Sar eich schnell zou meim Brourer Hannes: »Hoab emol dein Scherm vier, doas könnt de Großherzog sei!«

Mein Brourer Hannes spannt ans, zwa, drei sein Scherm of un hält'n vier. Die Gäul stieh. Eich schnell of's Trittbräat un sat: »Seid Ihr die Exzellenz, de Großherzog?« Sat der »Ja«.
Sar eich: «Eich sein de Borjemaster vo Meiches, un do vorne bei de Gäul stieht mein Brourer Hannes. Mir komme en de Ogelejeheit vom Parrer seim Hofdor.«
Sat de Großherzog: »Schön, komme Sie heut mittag zum Dinnee.«
Fregt mich mein Brourer Hannes: »Woas eß dann doas: Dinnee?«
Sar eich: »Eich glaw, doas eß woas zoum Esse. Do gieh mer hi.«
Of amol stann do so e barwarisch huch Säul. Kerle, Kerle, woar däi huch: Owe drof stann so en decke Mann. Fregt mein Brourer Hannes: »Wäi kimmt dann der do owe enoff?« Do kom anner do her of eme Fillipsebet, dem stellt eich's Baa. Do mußt der oabsteije. Den fregt eich: »Wäi kimmt dann do owe der do enoff?«

Do hat der ens doas ausenannerklabustert. Doas woar so: wäi der Mann noch klaa woar, eß der do enofgekroawelt. Do konnt der dorch doas Loach enwennig noach dorch. Met de Zeit eß der so deck woarn, doaß er dorch doas Loach näit mieh zereck konnt. Un nu stieht der do owe. »Oarmer Mann!« doocht ich. Noochend fregte mer, wu de Großherzog wuhnt. Sprecht aner: »Im Pallä.«
Doaß eß so e barwarisch gruß Haus, hicher als wäi mei Schauen. Die Treppe woar met laurer schiene Deppiche belegt. Mir getraute do näit drofzeträre. Do hu mer die Schouh ausgezoage un sei enofgedippelt. Sat mein Brourer Hannes: »Kerle, wann eich jetzt emol speuze mißt! Eich weß näit, wuhi demet.«
Owe stanne mer dann vör de Dier, wu's zoum Großherzog ging. So e kordiliert Levgoje – so haaße dem Großherzog sei Diener – moacht of, un dren stanne mer. Do saß de Großherzog, die Fraa Großherzog un noach vier klane Exellenzercher. En Kordilierter broocht zwie Stoihl, un do sasse mer. E ganz Reih Lackel hot de Desch gedeckt met Schessen un Deller un Läffel. Oawer do woar ka

Sauerkraut, ka gewellte Kadoffel, ka Worscht un ka Muckespeck. Nout zoum Soatesse, laurer so e Geschleack!
Wäi mein Brourer Hannes so e ordentlich Loaring met de Goawel ens Maul gefuhrwerkt hatt, doaß die Broih om Backe enoablief, sat aner vis affie – oder woas doas för e Vieh woar – der sat: »Bedienen Sie sich doch der Salfete.« Doas eß so e weiß Duuch, so ans hatt der sich im de Hals gebonne. Sar eich: »Doas hu mir näit nierig. Mir sei so ka Säu, mir verdrebbele ens näit.«
's gob aach Noochdesch, doas eß so ebbes henne drof: schiene schwoarze Kersche. Die Staa devo speuzt eich vör mich of de Desch. Kimmt so e kordiliert Levgoje doher un stellt e schie weiß Schesselche dohi. Do mußt eich die Staa nooch links speuze. Kimmt doach der Lackel her und stellt doas Schesselche of die link Seit. Woas mußt eich mache? Eich mußt die Staa nooch rechts speuze. Wäi der Kerle doas Schesselche jetzt oawer of die recht Seit stellt, wurd eich oawer fuchtig un sat: »Wann dou jetzt doas Schesselche näit ewegdoust, speuz ich dir enen.«

Sar eich zou meim Brourer Hannes: »Wäi rewangschiern mer ens dann? Mir müsse doach'm Großherzog ebbes gewe.«
Mein Brourer Hannes hatt grad noach en Appel em Hoissesack, der woar em deham, wäi'r aus 'm Haus eraus wollt, en die Pull gefann. Den hu mir 'm Großherzog gewe. Hoffentlich horre naut gemerkt. Nooch'm Dinne hu mer ens dinn geoacht. Kan Deuwel hot woas gemerkt devo. Sar eich: «Brourer Hannes, etzt sei mer en Rom, etzt wolle mer aach de Papst seh. Mir gieh ens Theater!«
Un do sei mer hi. Do stann 1. Platz 3 Mark, 2. Platz 2 Mark, un ganz om Schluß: Programm 20 Fennig. Sat mein Brourer Hannes: »Mir setze ens ofs Programm, doa sitze mir gout.« Oawer för 20 Fennig hu se ens näit engelosse, un mir mußte zwa Mark bezoahle. Mir sasse ganz huch un guckte enoab of däi väile Leut onne. Sar eich zou meim Brourer Hannes: »Fall do näit enoab, do onne koast's e Mark mih.« Wäi sich de Hannes wirrer setze will, bautz, do läj'r. Hatt'm doach aner de Stouhl eweggenomme un sich drofgesetzt. Wurd eich wirrer fuchtig un sat: «Mir losse ens näit kujenieren häi! Eich sei de Borjemaster vo Meiches, un doas eß mein Brourer Hannes. De Stouhl her, sonst kräiste a geleucht!« Ans, zwa, drei hatt de Hannes wirrer en Sitzplatz. Do ging vorne of amol en gruße rure Vierhang eweg. Links stann so e zimbelig Fräulein un of de anner Seit so e alt Fraa, doas woar ihr Motter. Die Doachter hot geflennt un sat: »Ich kann ihn nicht heiraten, und ich werde ihn nicht heiraten ...« Sar eich zou meim Brourer Hannes: »Hannes«, sar eich, »doas sei Familieogelejeheite, doas gieht ens naut o. Do stecke mir ens Noase näit enien.« Do ging de Vierhang zou. Wäi mer ofs Programm gucke, stieht do, de zwate Akt det zeh Johr speter späin. Sar eich zou meim Brourer Hannes: »För zwie Doag hu mer ens met Schwoartemoage verseh, oawer för zeh Johr? Naa, so lang konne mer näit woarte.« Un enaus sei mer.
Die Eiseboh hot ens wirrer nooch Gäiße zereckgebroocht. Vo dert sei mer nooch Meiches zereckgelambastert. Wäi mer vör'm Dure-

kippel woarn, komme se ens aus'm Dorf schun entgeje. Sar eich zou meim Brourer Hannes: »Ei e Gewirrer!« sar eich, »waaßte woas, Hannes? Mir hu joa vergesse ze freje, wer 'm Parrer sei Hofdor mache muß.«

Mir kratzte ens bade emol hinner de Uhrn. Oawer ihr weßt, eich sei kan Dommer, so hun eich zou meine Berjer gesat: »Die Gemaa muß's mache losse.«

So woarsch ihr Leut. Un etzt muß de Borjemaster vo Meiches mache, doaß'r hamkimmt. No dann gure Nowend beisamme!

Sein letzte Wunsch

De Master muß sterwe, do leir'r
kan Dokter mieh, der en noach rett',
»Wäi gieht dann met mir doas jetzt weirer?«
So jammert sie Fraache om Bett.

»Och, Fraache, dou mußt näit so flenne,
dou heuratst main irschte Gesell,
do fällt mir so schwer näit 's Trenne,
om beste tritt der on mei Stell.

Do brauchste dich näit so ze reiße,
Der hot sich för us so geplogt...«
Do flistert des Fraache ganz leise:
»O den hatt eich aach schun gedoocht.«

Vatterstolz

De Parrer kimmt gesprunge,
de Vatter denkt: herrje!
Ka Loft mieh en de Lunge,
woas eß dann do gescheh?

De Parrer sät: »Herr Lotze,
ich hab Ihrn Bub erwischt,
vorhin flog so en Krotze
mir beinah ins Gesicht.

Wahrscheinlich war's Ihr Peter,
das Früchtche wird ganz nett.
Wann so en Schwerenöter
mich nu getroffe hätt?«

»Woas? Näit getroffe harre'r?«
sät do de Vatter schroff.
»Dann woar er'sch näit, Herr Parrer,
der trefft mit jedem Worf!«

WILHELM KONRAD PHILIPPS

De Leidensgefährt

Er woar ella om Dickwoarzhacke
un mußt sich gottserbärmlich placke;
schimpt uff die Fraa un uff die Maad
un winscht n alle baad ds Laad.

Do siehr e laafe uffm Wähk
in aller Eil sein Nochber Schmidt.
»Ich will«; kreischt r »zur Abedehk,
mei Fraa gefällt mr ewe nit!«

Im Nu schmeißt r die Hack in Dreck:
»Woart, Schmidt, ich mach mit dir de Wähk;
ich hob, weiß Gott, desselb Malheer:
dann mei gefällt mr aach net mehr!«

Er hot's vestanne

De Schulroat koom zu visediern
Emol enaus uff's Oart;
Die Klaß daht sich vorzieglich fihrn,
Des hadd er net erwoart't.

Die Buwe un die Mädcher all,
Es woar, weiß Gott, e Lust,
Sie howwe-dr aach iwwerall
Genaa Bescheid gewußt.

Sie woarn-em zu lewendig goar,
Er mahnt sei ernst zur Ruh
Un winkt deshalb de Kinnerschoar
Mi'm Finger drohend zu.

Wie des de Schulroat alsfort duht,
Do plazzt de Kall eraus:
»Ei, Fräulein, sein-Se doch so gut,
Der muß emol enaus!«

Nooch Adam Riese

Des Rechne woar sei(n) schwächsde Seit,
hier bringt's des Kallche niemoals weit,
im Subdrahiern un Dividiern
deet er sich däglich schwer blamiern.

Im Kopp se rechne woar oom schlimmsde,
des Kallche woar groad do de Dimmsde.
Die Antwort bleibt er meisdens schuldig,
sein Lehrer, der vefährt geduldig.

»10 Pfennig trägst im Sack du nach;
verlierst sie, Karlchen, und ich frag:
Was hast du in der Tasche noch?« –
Do segt de Kall: »Im Sack e Loch!«

E bees Auskunft

Sein ahler Freund, der woar vebliche,
Der treu im Lewe zu em stand,
Der nie im Laad von ihm gewiche
Bis hin zum kahle Growesrand.

Zum Leichegang kimmt er se spät;
Er waaß im Städtche kaan Bescheid,
Vor allem, wo's zum Kerchhof geht,
Ob noh er is, ob er noch weit.

Er freegt aan: »Wie komm ich nor schnell
Zum Kerchhof, Herr. Ich muß enuff!«
Do antwort't der em uff de Stell:
»Oom besde henke Sie sich uff!«

Imsonst

De Hannes hadd en Aushilfsknäächt,
E schee Gewierreroos;
Sei Erwet mecht er nerjends rääacht,
's woar grod de Deuwel los.

Die Maad, däi leßt-er goar nt geh;
Die zwaa hunn grod gemist't:
Do muß mein Hannes aach noch seh,
Wie 's Oos die Stallmaad kißt.

»Fer Lumbestraach bezoahl eich naut!
Mei Geald werd näit verstronzt.«
Do antwort't-em des Oos ganz laut:
»DES DUHN EICH AACH IMSONST!«

Sie waaß Bescheid

Die Lisbeth hadd en scheene Platz
Bei ahle Parrerschleut,
Sie woar-dr sauwer, hadd kaan Schatz,
Wos heut schon wos bedeut't!

Bei all ihr'n Vorzieg un ihrm Fleiß
Woar aans nor goar net schee:
Sie ißt de Zucker leffelweis
Un nascht, wos sie sieht steh.

E poar Mol woard-se schon erwischt,
Dann woar-se voller Reu;
Un wann se Beß'rung aach verspricht,
Sie sindigt stets uffs neu.

De Parrer hot se widder vor,
Domit er se bekehrt:
»Kennst du das Wesen nicht, du Tor,
Das alles sieht und hört?«

»Wer ist's der ins Verborgne schaut,
Vor dem ich selbst nichts bin?«
Do heult die Lisbeth und segt laut:
»'s is die Fraa Parrern drinn!«

Otto Müller

De Ilweshäuser Babbegei

Iań Ilweshause lebte emol oin Schultheß meht Noame Kilian Märten, den awwer sei hohe Amtswürd net abhielt, danäwe den Budderhannel nach Frankfort zu betreiwe, wobei er soi ganz gaures Schniddche mache däd.
Emol, wäi er widder meht seim Schduß-Kärre noch Frankfort gefahrn war en sei Woar schon frühmorjens gaut verkaaft hatt, lief er, em sich die Stadt en die Häuser zu betroachte, ian de Schdraß erim en kam an e grußmächdich Haus, veer dem en Mann ian nem ritzerure Rock stann, den er frug, wer ian dem Prachtgebäu wohne däd. Als ihm der Mensch, der en Ratsdiener war, zur Antwort gab, däß hier de reschierende Herr Bürjermeister von Frankfort wohne däd, doa dacht der Märten: Der is ja Meinesgleichen en aich well ihm emol als meim Amtsbraurer mei Ufwarting mache. So dappt er also richdich die huch Dräpp enuff en fand den Gesuchte ian seiner Stubb, wo alles von Seide en Silwer glizzern däd. Er troat enian wie er ging en stand, machte sei Rewerenz en säht, däß er de Schultheß vo Ilweshause hianne em Vuchilsberg wär en sein Frankforter Herrn Kolleg emol besuche wellt.

Der gestrenge Reschierende moachte zauirscht gruße Aache üwwer die unvermut Ehr en froacht allerhand Frache an sein werte Herrn Kolleg in de gele Lerrerhuse en dem Rock mit gruße Messingknöpp. Zauletzt awwer wurd er ganz gemaa en behielt en zaum Froischdeck bei sich. Unser Schultheß ließ sich denn aach die feine Wei en de kalte Kalbsbroare en Schinke net schlächt schmecke, kaute sogar die Petersilcherblärrer en die gele Dotterblumme herzhaft enunner, womit die Köchin die Deller veziert hatt, en bemerkt, die wüchse aach uff seiner Wies, awwer deheim fräse se nur die Koih!

Nach dem Esse is aach die Fraa Bürjermeisterin komme en hat en iam ganze Haus remgeführt, daß er Maul en Noas uffspärre dad üwwer die Wunner, die er allminah ian de Stuwwe zu sehe bekam. Am meiste awwer interessiert ihn doch en bunte Babbegei in nem silwerne Ring, der ihn Schbetzbau hiaß en spreche kunnt wie'n Mensch. Er wollt sich gar nett satt sehe, däd en vo vorn en vo hinne begucke, bis en die Fraa Bürjermeisterin lächelnd fragte, obs denn aach deheim bei ihm solche Vöchel gäb?
Fraa Kollegin, saht de Märten, su Vüchel hu meer aach! Als sie ihm awwer net glauwe wollt en de Herr Bürjermaaster aach net, vesprach ers mit nem Eid, er liwwerde ihne des nächste Mal, wann er wirre uff Frankfort käm, su en Vuchel lawennig eronner; dankte für die gaure Atzing, saht Adjihs, en ging ian sei Herberg zereck.
En richtig, noch wurn kaa drei Woche vestriche, da stellt sich de Märten eines Tages wirrer en en saaht, als er ians Zimmer zaum Bürjermaaster koam, zu däm en seiner Fraa: Gurre Doag beisamme, da wärrn mer wirrer! Den Babbegei hun aich Uch metgebroacht en en schu zau seim Kolleg ians Vuchelhaus gesperrt, damet se metenanner bekannt wern. Gitt nu met en betroacht en Uch!
Nachdem er erscht gegässe en getrunke hatt, ginge se met em ian die Schdubb, wu die zwaa Vüchel iam Käfich saße. Awwer Gewirrer, woas woar doas e Scheusal vo Babbegei, den ihne de Märten aus dem Vuchelsberg metgebroacht hatt: en Uhrhoiwel, wie en die Bauern an die Schauerdohrn hänge, met Aache em Kopp so gruß wien Sechsbatzesteck, en Ferreruhrn wien Drache!
De rechdich Babbegei feng gleich sei munter Geschwätz an, de Ilweshäuser awwer saß muksmäuschestell uff seim Platz en saht kaa Wort! Da half kei Schealle en kei Vorgepeife, moi Uhrhoiwel stellte sich daab en stumm en hielt sein Schnawwel wien Ohl em Erwesfeld. Ganz vediddert saht de Schultheß, em sich en sein Vuchel zu veämbern: »Herr Kollege, Fraa Kollegin! Schwätze kann hä freilich net, awwer – hä denkt sich sei Dähl!!!«

Itzet konnt der Herr Bürjermeister net mieh länger an sich hahln en dad so mächdich lache, daß em die helle Zährn die Backe nunner kollerte. Hä kloppt dem Märten uff die Schuller en saat: »Wahrlich, Herr Amtsbruder, sein Papagei könnte Ratsherr von Frankfurt werden! Denn wenn wir in unseren Ratssitzungen auf'm Römer nicht mehr wissen, wo aus noch ein, dann machen wir's grad wie er, sitzen da und schweigen still und denken uns unser Teil!«
Na siehste, saht de Märten ...

Heinrich Winter

Die Wohret

Virm Richter stann de Beckersch Fritz
veklogt vo Schinnersch Schorsch,
die zwaa woarn iwwerall bekaant
als biatterbiese Borsch.
Iam Öwerwald beim Holzvestrich
woarn se in Streit geroare,
dieweil de Schorsch baal jedesmol
de Fritz erobgeboare.
De Fritz nadierlich in seim Zoarn
hatts Maul goar vollgenomme,
drim hatt em Schorsch sein Affegaad
de Fritz en Kloag genomme.
Un wäi en dann de Richter fregt:
»Stimmts denn Herr Angeklagter,

daß Sie zu ihrem Nachbarsmann
den Götz von Berlichingen sagten?«
Doa saat de Fritz: »Naa, das stimmt net,
wer hot dann doas gesaat?
Der Nome is mir ubekaant,
Herr Richter, s dout mr laad!«
Do saat de Richter ganz verschmitzt:
»Was haben Sie gesagt,
als ihr Herr Nachbar, der da sitzt,
Sie so in Zorn gebracht?«
»Herr Rat, eich will die Wohret saa,
doas is doch kaa Blamasch,
eich saat, wäi eich den Krach woar meud:
Etz leackst de meich om Arsch!«

En goure Roat

De Hesse-Kall trank goar schee gern
sein Kurze vir de Noocht
un hat de Kathrin nur zou oft
e Fichte haam gebroocht.
Meist wann e vo de Erwet kom
fann er de Weg net haam,
do gings erscht em ds Eck erim
un husch ian »Greune Baam«.
Sie Fraa, däi hieß em doas net gout
un hot en bies rasiert,
hots aach, wie oft ian Gourem schu,
bei irem Kall browiert.
Er woar jo aach de Schlächste net,
wor fleißig un net grob,

wanns nur, so sat er selbst goar oft,
kaan Branntewei mi gob!
Sein Nochber Hanjirg, liab un gout,
dem klagt e mol sei Laad,
de harr em nu, dos muß mr saa,
e gout Rezept gesaat:
»Wann morn de vo de Baustell kimmst,
nimms dir nur ernstlich vir,
en Schubkerrn brengste dir do met,
on schiebst en vir dir her;
der lääft grodaus, dou hianne drian,
oam «Greune Baam« virbei!
Probiers emol, ebs net gelingt,
dos mißt vom Deuwel sei!« –
Er hatts prowiert, es hat geklappt,
schu woar e fast dehaam,
do stallt de Kall de Schubkerrn hi
on noahm sich selbst om Oarm:
»So, Kall! Weil dou so tapfer woarscht
un host doas haut geschafft,
do werd etz druff iam «Greune Baam«
e Viertelche gebaaft!«

Reinhart Koch

Die Schnuht

Die Annlies saaht zoum Hannesi:
»Dou gihst zoum Kriemesch Fritz,
ean hoallst mer do geschwinn,
e Dettche feine Gritz.«

Dm Klaane woar doaß gor nitt räächt,
hee woar dr groad beim Späil'n
ean kreasch, »'s leid mer off,
's hott doach näid z eiln.«

Die Motter kroog dr de en Zoarn,
ean deren fest versohle.
Ds Bäubche kreasch: »Ach, hor doach off,
aich will de Gritz aach hohle.«

Zoum Voater saaht die Annlies droff:
»Däi Schnuht hott er vo dir!
So freach ean uverschaamt – weiß Gott,
doas hott er nitt vo mir.«

»Räächt hoste«, saaht de Voater droff,
ean kaut sein Moffel Brud,
»die Weiwer hoawwe rächt,
dou hoast joa noach däi Schnuht.«

Marie Jäger

E klaa Verwechslung

De Konnroad geng eam Dämmerstindche
bomadig iwern Kircheblatz.
Er luert uff sei goldig Gretche,
sein allerliebste Herzensschatz.

»Do kimmt se jo«, so denkt er glicklich
un schleicht vo heanne sich ebei,
er kräit se fest un drickt se o sich
un keßt se – un do gobs en Schrei:

»Zu Hilfe, Friedrich, Friedrich, Hilfe!«
Er kräit en Stomp un fläit eweg,
un wäi en Wiesel woar des Weibsbild
verschwoanne im des nechste Eck.

Mei Konroad stieht wäi ogedonnert,
als ob e groad versinke meßt:
»Gewirrer, doas mer des bassiert eas,
eich hun uns Parrersche gekeßt!«

Hernochend dappt er ganz vestohle
zaum Gretche in de donkle Earn
un douts er schlotternd do vezehle:
»Ob eich etz eangesponne wearn?«

Des Gretche lacht: »Mai oarmer Konroad,
eich giehn moarn freuh eans Parrersch hie
un dau nen do die Sach vekliesse;
eich moan, se mißte Spaß verstieh!«

De Parrer lacht sich helle Drähne,
sei Fraache lacht verleje mit,
»De Konroad soll kei Sorg sich mache,
nur hätt ich noch e kleine Bitt:

Die Sach muß unner uns verbleibe!«
Des Gretche gab em druff die Hand. –
Doch wäi deas Läidche dout beweise:
so met de Zeit woarsch doch bekannt!

WILHELM H. WALTER

Sealbst schuold

Mir harre off em Baamsteck steeh'
vom Dorf e Steck entfernt,
oh Kwoatschebeem so stecker zeeh'
däi huh mir oabgeernt't.

Ich geang dann iann des Doarf enoff
zoum Boutter-Lui, ganz schnell.
Der käif domouls die Kwoatsche off
eann hat die Sammelstell.

»Ei, Lui, kannst du met deim Waah
mei Kwoatsche hianne hoann,
mir kenn'se näit bes häiher traah,
ich will drsch aach bezoahn.«

De Lui kohm met sei'm Gefährt,
»Ihr Kieann, ihr woard näit faul.
Au Kwoatsche sei bestimmt viel wert,
doas zäiht gewiass mein Gaul.

Komm, Gredelche, steih off de Waah,
ich will näit doas ihr laaft.
Du, Kall, du aach, hirr woas ich saah,
huost hau genuch geschafft.«

»Wärd doas dem Gaul dann näit se schwer?
ich mache doas näit gern.«
»Du domme Bub, schuold ias doch der,
broacht joa kaan Gaul se wer'n.«

Martha Frohwein-Büchner

Seuchen

In de Schul sein se beim Pharao
und in Egyptenland,
un wie de liewe Gott en dann
de Joseph hat gesandt,
vom Joseph seiner Träumerei,
von de Kieh un von de Garbe,
un daß so viele Mensche da
an schwere Seuche starbe.
De Lehrer ruft des Kallche auf:
»Nun lieber Karl geschwind
erklär's einmal den anderen
und sag, was Seuchen sind.«

Des Kallche springt geschäftig gleich
auf seine strammen Beine;
»Ich weiß, Herr Lehrer: Seuchen sind
so hibsche kleine Schweine.«

Georg Hess

E' Radikalkur

Die Lisbeth woar ganz außer sich,
wäi wird doas Späßche ende? –
Gesondheit immer Tromp eam Haus,
etz hat se zwaa Poatiente.

De Tieroarzt ean de Dokter wonn
– die Lisbeth hat's vernomme –
vir'm Aageblick zou gleicher Zeit
groad off de Hoob gekomme.

De Tieroarzt moacht sich ean de Stall
bei'n Gaul, der deat näit freasse,
de Dokter innersucht de Mann,
de Hannes innerdesse.

Bei'm Gaul woar Kolik festgestaalt,
de Hannes hat die Ruhr. –
Die Lisbeth woar ganz außer sich
ean raeß sich ean de Huur.

Säi hot de Knäächt gleich fotgeschucht
nooch Abbedekersache,
weil säi doach die Rezepter gleich
wollt virenanner mache.

Däi Offreging – doas Durchenaa –
broocht säi aus em Konzept,
dem Schimmel goab se aus Verseh'
em Hannes sei Rezept.

De Hannes grog en Löffel voll
vom Gaul seiner Klistier,
ean wann der aach Gesichter schniärr,
eas woar doach gout defir.

Om annern Moarge – ach herrje –
wäi woar do de Befond?
De Schimmel loag kabutt eam Eck,
de Hannes woar gesond!

LUTZ DÖNGES

Vom Wert der Muttermilch

Die Kinner sinn heud uffgeklärt,
was auch de Lehrer Klotz erfährt,
der ewe in sei'm Unnericht
de »Wert der Muttermilch« bespricht.

»Was ist«, so fragt Herr Klotz die Knilch,
»der Unterschied zur ander'n Milch...?»
Da ruft d's Hannelorche rasch:
»Sie iß bequem, m'r brauch kei Flasch!«

»Unn billig isse», meint dann fix
de Schorschi, «denn sie kost ja nix!«
»Unn drittens», strahlt de Hansemann,
... unn drittēns kann die Katz net dran!«

Bagaasch! Bagaasch!

De Hannes moocht met seiner Lies
memm Zug ein Ausflug nooch Paris.
Kaum koomese eam Bahnhoop o,
ei, wäis Gewirrer stanne do

fast iwwerall ean jerer Eck
so Leu zoum Schläfe vo Gepäck.
Däi kreasche als »Bagaasch, Bagaasch …«.
Doas broocht de Hannes schwinn ean Raasch,

weil der als wink geraäste Mann
doas, woas däi räife, mißverstann.
Well genge off son Träjer luus
ean fuchtelt: »Haal dei Maul, Franzuus!

Mir sei aus Owwerhesse, geälle,
ean loasse ies vo dir nit scheälle!
Soast dout dir nooch de Hinnern wieh!
Verstanne? Awwee wuh komprieh ...?!?«

Die naue Instrumente

Fäald ean Waald woar'n zougeschneit.
Bei Baste Lina woarsch »soweit«,
ean die Hebamm däat de decke
Baste Kall zoum Doggder schecke.

Derselwe hatt – he schreabb sich Krafft –
sich e Poar Schie'er o'geschafft.
Eam Doarf, eas wärd häi neat genaant,
woar'n »Schnäi-Schouh« domoals u'bekannt.

Doas sollt, doas wär'n m'r jetzt gläich hier'n,
zou em Mißverständis fiehr'n!
De Doggder staalt sich, stoatt se gieh,
erschtmoalig off sei naue Schie.

Die Baste Moadder guckt enaus.
Do hatt de Doggder groad ver'm Haus
sei »Brärrer« o die Waand gestaalt
ean̦ reabb sei Henn, eas woar jo kaalt.

Schwinn stuckt die Aalt die Kopp eneann
ean räif: »Du laiwes Goattche, Keann!
Wann doas die Instrumente sei,
dann stieh d'r de Allmächtig bei!

Oberhessische Anekdoten

Grieß mr Gruuß-Rechtebach!

Zwei Frauen aus dem Hinterland hatten in Gießen eingekauft und waren anschließend noch einmal eingekehrt. Beide verspüren plötzlich ein »menschliches Rühren«. Sie suchen also zwei nebeneinander liegende »Kabäuschen« auf. Dabei muß sich wohl der lange Trachtenrock der einen in der Drucktaste der den beiden damals nicht bekannten Wasserspülung verfangen haben. Jedenfalls rauscht das Wasser in dem einen Kabäuschen unablässig, woraus die Benutzerin hinter der Tür einen völlig falschen Schluß zieht. Als ihre Begleiterin nämlich ihre Kabine längst schon wieder verlassen hat und besorgt fragt:
»Ei Lies'che wuu bleibste dann?«, antwortet diese wimmernd durch das Rauschen:
»Ach, Minche, ach Minche. Grieß mr Gruuß-Rechtebach, aich seiche mich duut ...!«

Urlaubsgesuch

Fritz erklärt am Unterrichtsschluß: »Herr Lehrer, aich hätt gern fier moaan Urlaab!«
»Warum denn, Fritz?«
»Aich huu moan Zieschmerze!«
»Hast du heute auch Zahnschmerzen?«
»Nee!«
»Woher weißt du denn, daß du morgen welche hast?«
»Ei moann schloachte mir!«

Aufgetrumpft

Zwei Vogelsberger Buben zanken sich. Schimpft der eine: »Dou mußt doch ganz stell sei, dou hoast ja nett emoahl en Voadder.!« Trumpft der auf: »Vielleicht mieh wäi dou, dou Steifschächter!«

Glaubwürdige Entschuldigung

Die Mutter macht ihrer Tochter schwere Vorwürfe, weil diese sich gegen die Liebkosungen des Schornsteinfegers nicht zur Wehr gesetzt hat. Entschuldigt sich diese glaubwürdig: »Ei wäi der mich packe dätt, do wurd mirsch off amoahl ganz schwoarz veer de Aage!«

Lob der Frauen

Am Stammtisch geht das Gespräch um die Frauen. Einer stellt sein Bier auf den Tisch, wischt sich den Schaum vom Bart und lobt die Vorzüge seiner Frau über alle Maßen. Zum Schluß fügt er hinzu: »Aich wollt, aich hätt noch so aa!«

Drohung

Während seiner Frühstücksrast in einer Vogelsberger Gastwirtschaft wird ein Holzfuhrmann immerzu von einem Huhn belästigt, das unter dem Tisch herumpickt. Unwirsch und drohend schimpft der Fuhrmann: »Mach däß de fortkimmst, domm Hinkel, soast bestenn aich dich!«

Erich Stümpfig

Laadensgenosse

De Brille-Gustav hoat sei Not
genaa wie du un ich.
Doch kaan'r lamediern, der Schlot,
es is ganz firchderlich.
Sei Zung findt alles gallebidder-
e Wölkche wird zum Ugewidder.

So hockt'r uffn scheene Doag
schon zeidig bei de Kätt,
beim Schöppche. »Dunner aach-un Schloag!
Wann aans mei Sorje hädd!
O unerforschliche Gewalde!« –
Er zieht die Stirn in dausend Falde.

Do kimmt'n fremde Gast erinn,
der planzt sich in die Eck,
der schlirft woas doas fir Bosse sinn
e Limmenad eweck.
De Brille-Gustav ritscht eniwwer
un schitt sei Herz aus, doas lääft iwwer.

– »Ich bin d'r längst d's Lewe mied:
Etzt soll ich vors Gericht!
Do hobb ich doch e Loadung krieht –
Beleidigungsgeschichd!
Kaan Mensch will heut'n Spaß verdroage.
Ich daht zu aam 'Du kannst mich' soage.

De Amtsgerichtsroat Sauerbier
woard neulich pangsioniert-
nu weer so'n neue Knallkopp hier!
Gott waaß, woas all bassiert!
Uffs Amt, ich kennt vor Elend flenne-
doas hääßt fir mich: zum Deiwel renne!»

De Gast, der schneuzt sich: »Kanns versteh(n)
doch hoawwe se noch Glick!
's Gericht? Ich musses däglich seh(n),
so wills halt mei(n) Geschick!»-
»Wäi doas?« – De Gustav stutzt, rickt dichder.
– »Ei jo – ich bin de neue Richder…«

Perseenlichkeide

Sie hoawwe in de gleiche Bank gesesse
als Kinn. De *Hinz* is Schusder worn, indesse:
de *Kunz* – schon frih fir Bolidik entflammt,
studiert, hockt schließlich im Regierungsamt.
De *Hinz* hoat lewenslang sei Peif gestoppt
un Sohle uff die Bauernschuh gekloppt.
De *Kunz*, fern vo dehaam, der hoat regiert,
e großes Haus, gescheit Geschwätz gefihrt.

En oarme Deiwel is de *Hinz* gebliwwe,
der woar nur kinnerreich – mit seine Siwwe.
Doch koam uff *Kunz* (im Stammdischrund) die Redd,
vergoaß mr's »Alle Achdung»-Soage net...
– Letzt hoat de Vadder Dood den *Hinz* geholt,
groad als'r Parrersch Winderschuh besohlt.
Un drei Doag speeder geht de Sensemann
zum Dokder Kunz, der sich net dricke kann.

Etzt liehje se im Kirchhof dicht beinanner.
Wann ich gelejentlich voriwwerwanner,
dann froag ich mich, wen wohl nooch Joahresfrist
vo dene zwaa die Menschheit net vergißt.
Den Dokder *Kunz?* Der Broave hobb sei Ruh.
Wer owwer flickt de Bauerschleut die Schuh?
Kaan Hinz mehr do! – Es wird dm Dimmsde kloar,
wer wirklich fir d's Ort de Wichdichst woar.

Er läßt sich net beduppe...

»Bub, ich hol' de Butzemann,
mach mich net nerwees«,
sägt die Mudder dann un wann,
is d's Fritzi bees.
»Du, der Kerle fängt dich noch –
horch, er dappt im Haus!« –
Fritzi linst doarchs Schlisselloch,
sieht – die *Omma* drauß.

Wann de Weihnoachtsowend kimmt,
häääßt's: »Im Stibbche drei
grapschelt woas, doas kann bestimmt
nur d's Christkind sei«.
Unser Bub verzwatzelt fast,
gibt barwoarisch oacht.
Hoat sich *Omma* net in Hast
aus'm Staab gemoacht?

Ei, mr schreiwe Osterdoag!
– »Woar de Hoas schon do?«
– »Krotze, woart, bis ich drsch soag,
du verjägst ’n jo!« –
Omma mit de Eierdutt
wetzt vo Busch zu Busch...
Fritzi lacht sich baal kabutt:
»Häsi, husch-husch-husch!« –

»Gelle«, frägt die Noochberin
unsern klaane Boarsch,
»gesdern koam bei euch geschwinn
aach de Klapperstorch?
Legt euch woas ins Wiejebett –
ui, die Freud, die groß!»
– »Klapperstorch? Doas glaab ich net.
’s woar die *Omma* bloß!«

Martin Dietz

Beim Dokter

Es woar bassiert, de Gret ihr Karlche,
doas hat en Fuffziger verschluckt,
ganz fort woar er, es woar de letzte,
un nirjens huot er rausgeguckt!

Doas Gretche woar aach ganz vezweiwelt,
weils halt de allerletzte woar!
Sie wollt ihrm Peter Handkees hole,
un ’s Gretche kääft nur gege boar.

Sie rennt zoum Dokter met dem Beubche
un säht: »Herr Dokter, helft mer schun!
Ich brauch doas Geld zoum Freuhsteckhole
muß ich däi Fennisch dringend hun!«

»Ich brauch net alles, zwanzig lange,
es muß de Fuffziger net sei,
seid doach su gout un gebbt dem Klaane
zoum Abfiehrn möglichst schnel woas ei!«

Druff sacht de Dokter: »Liewes Frauche,
wenn ich nur dieses Mittel hätt!
Doch wie gesacht, was Sie da wolle,
das geht beim beste Wille net!«

»Soweit sin mir bis heut net komme,
drum sin mir jetz so iwwel drann,
weil auch ds beste Abführmittel
den Fuffzger net wechseln kann!«

Die Müllabfuhr

Die Müllabfuhr woar eigeführt,
sechs Mark woarn do se bleche!
Drum wuollt en Mann aus Enkem sich
oh der Gemeinde räche!

Er hatt e Faß voll Dreck gefoahrn,
em Ochseweg ehinner,

do kom de Zettel der Gemah.
»Des wär mer joa noch schinner« –

– regt er sich uff un brommt:
»Däi solle's merke drowe!«
De Schubkarrn woard geholt,
de Rock nimmt er vom Klowe.

Es woar e Hitz, es woar net schie,
er läßt sich doas net nemme!
Er fährt en Ochseweg enab
bis hinner in die Klemme.

Do huot sein Dreck er uffgepackt,
noch mieh dezou hout er geloare!
Un hout doas Faß voll haamgeschafft,
in Schweiß woar er geboare.

Zwaa Stunn mußt er verschnaufe,
ohm Leib huot er gezittert!
Doch woar er fruh un ausgesöhnt,
woar goar net mieh verbittert.

»Es woar e Plog, deß geww ich zou,
zwaamuol den Dreck se schaffe!
Erscht aamuol hie, dann wirrer haam,
doch woar's net fier die Affe!«

Er huot den Dreck virs Dor gestellt,
»un do bleibt's stieh« befohle!
»Wann ich sechs Mark bezoahle muß,
dann solle däi's aach hole!«

»Wann däi deß hiern, däi äjern sich
– – – un feuhle sich betroge!
Fier sechs Mark Müllabfuhrgebühr
soll die Gemah sich ploge!«

Ds Wurfgeschoß

De Michel lääg dehaam eam Bett,
vebonne Kopp ean Ohrn,
sei Fraa, die ahle Dinnekätt,
deat in de Küch rumohrn.

Do kom de Peter Löwewirt
besuche den Patiente,
weil er eam Doarf schun hott gehihrt,
dr Michel wär oam Ende.

»Best dou scho wirre voll geweast?«,
so freet er, »ahler Konne?
Dou leist oom healle Doag eam Neast
ean host de Kopp vebonne!?«

»Ei joa«, so saaht dr Michel etzt,
»aich will dersch korz verzoin:
Ean Kimmil hätt aich gern gepetzt,
mei Fraa, däi sollt en hoin.

Do schellt se wäi en freche Spatz,
se eas bewarisch grobb,
noacht schmeß se mer, es deat ean Platz,
e Gummern oo de Kopp!«

»Die Möglichkeit? Etz sei mer still,
dou widd maich wuhl beliehe?
Vo Gummern, däi wo etz so mell,
kannst dou koa Wunne kriehe!«

Conrad Weil

E Habdche[1] Weißkraut

'S woar en de 1870er Juhrn su em November. Do huott de ahlt Buornfritz und de Kirwer en de Wirtschaft geseasse. Doas woarn nu zwaa, däi kuonnte läije[2] su schnell wäin Huond gauzt. Do kuonnt's aaner besser wäi de anner. Vom Wearrer[3] harre se die Redd, daß de Hierbst su naß wier un die Weileas[4] veräjend; oawer 's Kraut un 's Gemois wier gout geroure.

»Ja«, huott do de ahlt Buornfritz gesaht, »eich hun d'r e poar Habdercher Weißkraut dehaam leije, däi sein su deck, daß aans langt fir'n Schtenner[5] ze felle.«
»Doas iäs noch goar nix«, saht do de ahlt Kirwer un huott geblotzt wäi en oame Mann, der backt. »Anno 13, wäi die gruß Rediroad[6] woar, do huott mei Grußvoatter e Habdche Weißkraut gezoue[7], do huott sich e ganz Kombanie Franzuse drinner gestellt; un 's Schinste iäs, e ganz Reschiment Kuosake sei vorbei gerierre[8] un hun se net geseh!«
»Guottvedebbel«, huott do de ahlt Buornfritz geruffe un huott uff de Desch gehage – dann doas woar doch e bessi stoak – oawer dann harre 'r sich gleich wirrer en de Gewalt. »Ja«, huorer gesaht, »un mei Grußvoatter huott mer verzehlt, domuols hun se en O'bach[9] en Kubberkessel gemoacht, do hun 27 Kubberschmidd dro geschafft, däi hun su weit vo enanner gestanne, daß kaaner de annern huott klobbe hiern.«
»Ei, ds Gewirrer«, huott sich do de Kirwer verwuonnert, »doas muß joa en Ufluot[10] vo Kessel geweast sei. Woas hun se dann do driän gekocht?«
Do lacht de Buornfritz: «Ei, deim Grußvoatter sei gruß Habdche Weißkraut!«

[1] Häuptchen = Kopf (Kohl oder Salat), [2] lügen, [3] Wetter, [4] Weinlese, [5] Sauerkrautfaß, [6] Rückzug (der Armeen Napoleons aus Rußland), [7] gezogen, [8] geritten, [9] Offenbach, [10] Unflat.

KARL BRODHÄCKER

De annere!

De Willem Schmidt vo Eichelhaa
dad gern die Leut ve-uze
un jeden Mensch vo fern und nah,
den dad de Willem dudze!
Dm Lehrer Jost hat hä vezählt:
»Es kostet maich zwoar Mih,
doch gitts zwaa Mensche off de Welt,
zou däne saan aich 'Sie'!
De aane es de Parrer Rau –
de annere best dou!«

Die Eva

Religionsstunn is und de Parrer, der fracht:
»Nu erzählt mir doch mal, ihr Kinner,
warum hat Gott erst de Adam gemacht
un die Eva erst später, dehinner?«

Die Kinn iwwerleche un einer, der sacht
bevor er sich schnell widder setzt:
»De Gott hat die Eva als letzte gemacht,
die hätt em sonst dauernd dezwische geschwetzt!«

Die Antwort

Sie hatte ihr Kirch in nem Vochelsbergort
mit Uffwand schee renoviert,
mit Goldbronz gestriche, veziert wie e Tort,
die Engel bemalt un laggiert.

De Parrer im Ort war kein Redner vorm Herrn,
das war in de Gejend bekannt;
e predicht net gut un e predicht net gern;
nu war das beileibe kei Schand.

Einst fracht er den Otto, dä hatt e bös Maul:
»Is die Kirch net prima geglückt!?«
»Was hilft de schönst Käfig«, so sacht dä net faul,
»wenn de Vochel vorm Peiffe sich drückt!«

De Bauch

Dm Wissehobs Otto
sei Umfang war groß:
e wog fast zwei Zentner,
e war schwer wie e Roß!

Sein Bauch daht sich dehne;
mr hat oft gelacht,
e sah aus wie trächtig –
ihm hatts nix gemacht!

Doch einmal, da stieg e
im Buß durch die Tür,
zwei Jungdame lachte;
den Ott im Visier!

Der guckt ganz vo owe
die Jungfraue an
un sacht dann gelasse
zu den Dämerchen dann:

»Den bekam ich in Ehren,
mein arch dicke Bauch,
ich hoff, meine Damen,
das gelingt Ihne auch!«

De Parrer

In Stumperterod vor ganz viele Jahrn,
da machte de Parrer sich Feinde;
die Situation, die war ziemlich vefahrn,
es haßt ihn die halwe Gemeinde.

Am Dorfrand, da trafe de Kall-Auchust Lipp,
dä kam vo dem Friedhob gegange,
üwwer de Schulter sei Kreuzhack un Schipp.
Da fracht ihn de Parrer befange:

»Na, haste geschafft in Acker un Feld,
im Wald bei Häher un Rawe?«
Da hat ihm de Auchust spöttisch erzählt:
»Naa, aich wollt de ahlt Parrer ausgrawe!«

De Beste!

Ds Schuljahr war nu endlich rum,
de Kallemann blieb sitze –
na ja, e war e bißche dumm,
es fehlt im Kopp die Gritze!

De Vadder konnts erscht net versteh,
ließ sich ds Zeuchnis zeiche –
ei, e vestann die Welt net meh,
das war zum steinerweiche!

E dad sich richdich eschoffiern
un dad sei Kallche fraache:
»Wie kannste mich nur so blamiern,
ich möcht dich grad vehaache!«

Da saaht de Kall: »Mach kaa Geschrei,
un ds Vehaache läßt de,
vo all'n die sitze gebliwwe sei,
war ich ja doch de Beste!«

GÜNTHER VOGT

Wie in d' Scheuer

Ein Bauer aus dem Ohmtal kommt in die Kreisstadt und kehrt in einem guten Gasthof ein. Wegen seiner Kleidung und seinem Benehmen fällt er bald auf. Ein paar schicke junge Herrn machen sich an ihn heran und fragen spöttisch, wie es ihm hier gefiele.
»Ach, ich komm m'r grod feer wäi d'rheem in mei'r Scheuer.«
Die Städter sind verwundert und beleidigt, weil er ein so feines Lokal mit einer Scheuer vergleicht. Sie wollen den Grund wissen.
»Jo, grod wäi in mei'r Scheun, ich mog hiegucke, wu ich well, rondrim seh ich nix wie Flegel.«

Otsch Rübsamen

Die Blamasch

De Fritz, e Kerlche von vier Jahr',
der hat uns schwer blamiert.
Als unser Oma bei uns war,
is Folgendes passiert.

Des Fritzche holt e Hand voll Gras,
kam in die Stubb' errin:
»Ei Oma« sagt er »Weisst De was,
beiß' doch emal ennin!

Denn unser Babba hat gesagt,
wenn Du ins Gras dehst beisse,
dann krääche mer Dei' Geld vermacht.
Das sollst De jetzt beweise!«

Die Guck-Gucks-Uhr

De Kall wollt' fort. Sei Fraa sagt: »Gut,
um elf bist de zu Haus!«
De Kall, der schnappt sich Stock unn Hut
un stürzt die Dür enaus.

Am Stammtisch, da war heut' was los.
Die Sach' war in de Reih'.
De Kall hat's Herz bald in de Hos'!
Uff amoal wa 's halb zwei.

Ganz sachte schleicht de Kall nach Haus'
unn schwankt vom viele Bier.
Dann zieht er schnell die Schuh' noch aus,
grad' vor de Wohnungsdür.

Ganz leis' eninn. Er denkt an's Weib!
Die Guck-Gucks-Uhr ruft zwei;
jedoch de Kall, der war uff Scheib'
ruft noch neun mal debei.

So rief's elf mal. Die Fraa war wach,
kreischt hinne aus em Bett:
»Doas woar der aach geroare, Freund!«
De Kall, der war gerett'!!!!

So was Dummes

Die Neureichs Lilo ging spazier'n,
um ihre Kleidung vorzuführ'n.
Die Lilo war stets flott in Schale,
Herr Neureich dat de Kram bezahle.

Ein blaues Kleid unn grüne Schuh',
enn große braune Hut dazu,
an jedem Finger einen Ring.
Ja, Lilo war ein flottes Ding.

Dann is' se im Café gewese,
unn hat sechs Stücker Tort' gegesse.
»Ich hätt' gern noch 2 Pfund Praline!«
sagt' se zur Kellnerin Sabine.

»Man sagt doch Kilo, gnäd'ge Frau!«
erwiderte Sabine schlau.
»Des is' mer neu!« sprach da die Lilo
»dann gewwe se mer 2 Pfund Kilo!!!«

De Hannes im Stadttheater

De Hannes aus dem Vogelsberg
war in die Stadt gekomme.
»Aich will emol e Oper seh'«
hatt' er sich vorgenomme.

De Hannes hat die Stadt betracht'
unn als er Gieße sah,
da hat er vor sich hingesagt:
»Groad wäi Amerika!«

Dann saß de Hannes im Parkett.
Die Overtür' verklang,
de Vorhang auf, dann kam's Ballett.
Dem Hannes wurd's ganz bang.

Jetzt is e Frau beim Dämmerlicht
über die Bühn' gesprunge.
»Er tötet mich, der Bösewicht!«
Hat die dann als gesunge'.

Dann kam der wilde Theophil,
den Dolch in seiner Hand.
Das war dem Hannes doch zuviel,
jetzt war er wutentbrannt.

Er sprang vom Stuhl, unn dat die Faust
gege die Bühne strecke:
Dann brüllt er: »Kerle, wann de stichst,
dann sollst de aach verrecke!!!«

Emma Kauschat

Ringeleht

Nooch dem Kräig woar gruuß die Nuut,
de Städter fehlt des däglich Bruut.
Goar mancher zou er Hamsterdour
enaus drim uff die Dörfer fuhr!

Aach beim Mielche kloppte väile oh,
däi saat strack, se hätt' naut do.
Nur, wer zoum Dausch woas metgebroocht,
werd voh ihr aach muol bedoocht.

Met dem Zug koom aach muol en Mann,
sucht, wuo er Kartoffel kaafe kann.
Für väil Geld harr er beim Mielche Gleck,
met em vuolle Sack fiehrt er zereck.

Ohm Bahnhob ließ er noch vernomme,
den huohe Preis, den se genomme!
Kaum woar der Zug oabgebraust,
kimmt des Mielche ohgesaust.

»Hoabt en!« – rieff se, ohn Erfolch,
»Woas en Schwindler, woas en Strolch!«
En falsche Huonnerter huot se viergewisse,
met dem der Städter se beschisse.

»Gout Geld goab aich em noch zereck,
samt Kartoffel is des weg!«
Im Ort geng däi Geschichte ruond,
dem geizig Mielche wurd's geguonnt!

Nullkommanix

Ein Einwohner von Lindheim fuhr mit dem Zug ins benachbarte Altenstadt. Bei der Abfahrt läutete es gerade 11 Uhr. Als er in Altenstadt ankam, ertönte auch dort das 11-Uhr-Läuten. Da staunte er: »Kerle, is däi Eiseboh schnell. Mer is jao in Nullkommanix in Aalsched!«

Feiner Unterschied

Wenn ein kleines Kind ausspuckt, sagt man mitleidsvoll: »Ach, des oarm Kerlche schütt aus!« Passiert das gleiche Mißgeschick einem überfressenem Mann, heißt es voller Verachtung: »Der Uffluod kuotzt!«

Unbekannter Vater

Ein junges Mädchen hat ein uneheliches Kind geboren. Von Amts wegen wird nach dem Vater des Kindes gefragt. Die junge Mutter gibt zur Antwort: »Sein Noome waß aich näit, aower er hatt' e weiß West ooh!«

Rausschmiß

Ein Gastwirt schmeißt spät abends die Dauersitzer mit folgender Bemerkung aus seinem Lokal: »Macht, daß ihr enauskommt, aich mache etzt des Wirtshaus zou, voo Auern Förz kann aich näit lewe!«

Bekanntmachung

Vor einigen Jahrzehnten kündigte ein Ortsdiener mit der Ortsschelle folgendes an:
»Bekanntmachung:
Der Gemeinde ist mitzuteilen, daß heute Nachmittag die Gemeindezwetschen versteigert werden. Zusammenkunft beim Trans ... – Transfo ... – beim Transform ... – ei, do leckt mich doch all ohm Arsch, ohm Lichthäusi!«

Die moderne Technik un die Oma

Kaum, daß des Fernsehn uffgekomme,
des Schmidt's sich aaner gleich genomme.

Die Famillie staunt muol ganz begleckt,
woas im Meer mer su entdeckt.

Do dout die Oma sich erhewe
un schnurstracks zou dem Kaste strewe.

Se innersucht en voarne un aach hinne,
groad, als wuollt se woas Bestimmtes finne.

»Woas suchst de?«, dout der Enkel freje,
wäi er des huot met ogesehe.

Do maant die Oma, »Ei, Ihr Kirrn,
wuo is dann nur des Wasser drin?«

Der Ritt uff de Wutz

Wäi einst Lebensmittel rationiert,
des Hausschloachte war kontrolliert,
wurd e Wutz, wäi viergeschriewwe,
vierm Schloachte uff die Woog getriewwe.

Su schnuffelt uff ihrm letzte Gang
emuol e Sau die Gass entlang.
Die Anna deat se aach näit hetze,
häi un do met Weibsleut schwätze.

Uff aamuol krooch die Sau en Knall,
dreht üm – un saust in Richtung Stall.

En ältre Mann, e bessi klaa,
gesäjend mit zwaa kromme Baa,
der rieff: »Daich hoab aich uff!«,
gesaat, – do soaß er recklings druff.

Schlau huot sich die Wutz entpuppt,
flüchtend durch die Baa geschluppt
un träht en furt in schnellem Trab,
soi Baa sei kurz, er kann näit roab.

Uff der Gasse stieh die Leut,
hun ohm Wutzeritt ihr Freud!
Denooch däi Sau, däi ausgerisse,
hout ihrn Reiter aobgeschmisse.

Wilhelm und Helmut Weinberger, Helmut Grün

In Allendorf jedenfalls nicht

In Allendorf fand an einem Sonntagnachmittag in der Kirche eine Allianzveranstaltung für ein größeres Gebiet statt. Ein Besucher von weither nahm neben seiner Frau unten im Kirchenschiff Platz. Da kam aber sofort der Kirchendiener, um ihm zu sagen, daß er zu den anderen Männern auf die Empore gehen möge. Der Herr meinte daraufhin: »In der Gemeinde Jesu Christi sollten doch diese Dinge keine Rolle spielen.« Der Kirchendiener entgegnete aber: »Hei sei mer nit en de Gemeinde Jesu Christi, hei sei mer en de Allendörfer Kirch; en hei setze die Weibsleut onne und die Mannsleut owe! En alleweil ennoff!«

Ein zutreffender Vergleich?

Der neue, liturgisch sehr engagierte Pfarrer hat die Gottesdienstliturgie verändert. Es dauert nun viel länger, bis er zur Predigt kommt. Diese Tatsache kommentiert ein Gemeindeglied mit den Worten: »Woas helft mer de beste Broare (Braten), wann ich voo de Sopp (Suppe) soat sei?«

So solls sein

Von einem stimmgewaltigen Pfarrer sagte man in der Gemeinde, er habe »einen barwarischen Auswurf«; aber auch der Nachbarpfarrer, der in der Gemeinde vertreten hatte, wurde sehr gelobt: »Es ging emm vo de Schepp.«

Sein schwerster Tag

Als der Pfarrerssohn Wilhelm Weinberger noch Schüler war, fragt ihn ein Mann seines Heimatdorfes: »Willem, weest du eichentlich, woas für dein Voadder de schwerste Doag en de Woch ess?« Der Junge überlegt und antwortet: »Ich denke der Sonntag, denn da muß mein Vater ja den Gottesdienst halten.« »Falsch, ganz falsch, Willem, denk noch e mol noach.« »Ach so, der Samstag, weil mein Vater dann die Predigt vorbereiten muß.« »Wirrer falsch, aich will desch saa: Sein schwerschte Doag ess de Muudoag, do muß e sich de Kopp verreiße, wei'e die Woch erim brenge will.« Die Aufklärung des Pfarrersohnes schließt mit der Mahnung: »Oawer due defst's deim Voadder joa nit saa, deß aich der doas gesaat hu!«

Kurz en binnig

Es woar Visitation en Bucheha,
en de Propst war mit de Kirchenvorsteher elah,
se sollte vertraulich redde,
ob se was geje ihrn Parrer hätte.

Doas woar e Gedrenz, e schwer Geburt,
se wandte sich wie die Fesch,
se harre Angst, des de Parrer lurt,
en trate sich uṅnerm Desch.

Do saat de Propst: »Wir sind hier allei,
un nun frisch heraus mit de Sprache!«
Do saat de Hanjörg: »Weil ich de Ällste sei,
do will ich's Ihne saache:
Mir sei met iesem Parrer sefrirre, en wei!
He joa, oawer sei!«

Hier spricht der Landwirt

Ein Pfarrer, dem beim Predigen heftige Bewegungen eigen waren, hatte sich einmal das Beffchen viel zu lose umgebunden, so daß es während der Predigt ganz nach hinten rutschte. Nach dem Gottesdienst meinte ein Besucher, wohl den kraftvollen Einsatz würdigend: »Zeletzt hing em de Koarscht (zweizinkige Hacke) henne.«

Der aufmerksame Predigthörer

In Oberhessen ist es Sitte, daß die Hausfrau am zweiten Feiertag zu ihrer Entlastung das Festmahl des ersten Feiertags in leicht veränderter Form auf den Tisch bringt. »Gewirrmtes« heißt das dann. Die Predigt am zweiten Feiertag ist zu Ende; ein Zuhörer flüsternd zum Nachbarn: »Heut hatte mer Gewirrmtes.«

Ehre seiner Arbeit

Die Einschätzung der Tätigkeit eines Pfarrers zeigt sich nicht nur in dem bekannten Wunsch, »sonntags Schullehrer und werktags Pfarrer« zu sein; auch die folgende Begebenheit ist ein Beispiel dafür: Ein Gemeindeglied verläßt das Pfarrhaus und trifft an der Türe einen Kirchenvorsteher, der den Pfarrer besuchen will. Der Kirchenvorsteher fragt: »Woas mächt hee dann?« Antwort: »Ei naut (nichts), hee leest (er liest).«

Schwalm, Fuldaer Land, Kassel, Waldeck

JOHANN HEINRICH KRANZ / JOHANN HEINRICH SCHWALM

Weiwerlos

De ganze Kop geschunge,[1]
Om Arm ee blo-e Platt,
Komm Karren[2] ogespunge
Zur Nachbern Annematth.[3]

»Bas macht r da fer Denger?«
Sät Annematth gerihrt.
»Ja, sah mol, bie dä Schenger[4]
Mich höt gedrangsaliert!«[5]

»Sei ruhg, mer gett's net besser!«
Fangt Annematth do o,
»Meng Mann eß öch in Schmesser
On blauwt mich rot on blo.«

»Ich well che gään öch schweie«,[6]
Sät Karren werre Matth,
»Ee Frä die muß r kreie![7]
Doch menger schmeißt zu hatt!«[8]

[1] geschunden, [2] Katharine, [3] Anna Martha, [4] Schinder, [5] mißhandelt, [6] schweigen, [7] muß Hiebe kriegen, [8] hart

Brem[1] de Jos de Schubkann[2] nomm

Die Schubkannstraj[3] of senge Schollern[4]
on en d'm Möul die Peifdewack,[5]
so gang gemächlich, ohne Bollern,
kutschiert em Schwälmer Kerrelfrack[6]
de Jostebur von Wier[7] nach Trees[8]
mit senger lahme Schubkannschees.

Ee Steckche benge'm[9] leßte Gate[10]
begäänt'em[11] Häns, seng Nachbeschmann.[12]
»Bohin derr Nowed[13] noch« – so frat'e,
»met dengem Aarmeleitsgespann?« –
»Ja«, schlug de Jost sich ver die Pleß,[14]
»ja bann m'r so vergässe eß!

Ich war'che schomol hei nam Ässe, [15]
doch bie ich heem kamm – bie fatal!
Die Hööptsach harr ich doch vergässe
ee Vättel Kaffie fer meng Ahl.

On däß'se mich net rammesiert,[16)]
drem komm ich nomol härkutschiert.«
»Mensch, höste Dente da gesoffe?«
sät Häns, «on nemmst de Schubkannswääng?

Ee Vättel Kaffie, ungberoffe,
das eß doch en de Keib[17)] se trääng.« –
»Gott ja!« sät Jost do met Verstaand,
»mr höt doch äbbes en de Haand!«

[1)] Warum, [2)] Schubkarren, [3)] Schubkarrentrage(band), [4)] Schultern, [5)] Tabakspfeife, [6)] Kittel, [7)] Wiera, [8)] Treysa, [9)] unter'm = hinter'm, [10)] Garten, [11)] begegnete ihm, [12)] Nachbarsmann, [13)] Abend, [14)] Stirn, [15)] nach dem Essen, [16)] ausschimpft, [17)] (Hosen)tasche

Em Dreater[1)]

Äß Brautleit[2)] maachte Gretth on Hänns
Sesamme en die Ressedänz,
Begunge sich[3)] de ganze Dag,
Domet öch jeresch alles sahg.
On bie de Nowed[4)] kamm härzu,
Sät Hänns: »Etzt weeß ich, bas mr duh.
Äß Schatzleit wonn mr mol all zwee
Sesamme ens Dreater geh.«
On kuff fer sich on senge Schatz
In räächte schiene, feine Platz.
Do watte see en Odacht ab,
Bas etzte fer Spauränze[5)] gabb.

Nu wudd gerad ee Steck gespeelt,
Do wudd ganz selches dren krakeelt.
On Preiel[6] gabbs's, das hatt ee Aat,
Noch mih bie om Nauwkercher Maat.[7]
Doch gung's öch noch so dercheneh,
Bän rääacht hatt, war en net engeh.
On jeresch durt's,[8] bie's hott on sähg,[9]
Daß dä, dä Rääacht hatt, enge läg.
On bie's dämm noch ds Läwe kost,
Do daht's in Stech duch ähre Brust.
On beere, Hänns on Annmergretth,
Die kresche nu als em die Wett.
De Verhaang full, ds Steck war aus,
Do wann se noch net drewwer naus.

Ds Rääacht, geoppert[10] bie ee Lamm –
Dä Dowack war de zwee wing gramm.[11]
Drem konn ds Flänn sich keens erwehn,
On trurig gung's etzt nabb en Ehn.[12]
Doch enge blewwe see all zwee
Bei innem Ogestaalte[13] steh.
On frate, ab h n kinn gesääng,
Bann wull de Mann wedd »wäggeträäng«.[14]
»Sech«, sät de Hänns gar leedmihrig,[15]
»Mer wolle öch met en die Lichch!«[16]

[1] Theater, [2] Brautleute, [3] gingen spazieren, [4] Abend, [5] Späße, komische Handlungen, [6] Prügel, [7] Neukirchener Markt, wo es in früherer Zeit ohne Schlägerei nicht abging, [8] dauerte es, [9] hörte und sah, [10] geopfert, [11] stark, [12] Hausflur, [13] Angestellter = Beamter, [14] weggetragen = begraben, [15] leidmütig, [16] Leich

Em Äxame

De Schulinspäkter hull Äxame,
Hä prieft die Keng en Rellejon,[1]
Das gung dr Uch so glatt bie's Ame,[2]
Die Sach die konn net besser spoon.[3]

Em Ofaang[4] prieft de Lehrer selwer
De «Fischzug Petri of dm Meer«
Das konne alle Stoppelkelwert,[5]
Sech,[6] die Geschicht, die eß net schwer.

De Lehrer schnett in selche Krotze,[7]
Die Keng barierte Schlag of Schlag,[8]
Däß jerer sich die Nas konn botze,[9]
Bär die Gscheirigkeet[10] all sahg.

Kutzem:[11] es gung äß bie om Fädche,
Bis hengedroff[12] zum Trommelträt[13]
Die Schulinspäkter greff ens Rädche,
Dä fangt of eemol o on sät:

»Das hat ja alles gut gegangen,
Nur möcht ich eins zum Schluß noch sehn,
Da heißt's: Du sollst jetzt Menschen fangen!
Wie ist denn das wohl zu verstehn?«

O wei,[14] etzt wann se hange werre,[15]
Die selche[16] Schlauheet war om Eng,
Ds Fädche war bie abgschnerre,[17]
V'rbaselt[18] wann die gaanze Keng.

Dm Lehrer schenn das schlaacht se basse –
»Na«, knurrt e, «macht mir keinen Kohl!«
De Schulinspäkter sät glasse:
»Besinnt Euch mal! Was heißt das wohl?«

Doch immer komm noch keens drhenger,[19]
Nur of dm allerleßte[20] Baank
Do weß[21] in kleene Jung de Fenger –
De Lehrer docht: «Gött Low on Daank!«

»Na«, sät de Schulinspäkter etze,
»Du weißt's? Du bist ein braves Kind?
So zeig uns Deines Wissens Schätze,
Steh auf und sag es uns geschwind.«

Dä Peffekus dä hatt kee Bange,
Sprang of on sät met häller Stänn:
»De Petrus, dä sall Mensche fange,
Das heeßt: Hä, sall Schandarme wänn!«

[1] Religion, [2] so glatt wie «Amen«, [3] spuren = gehen, [4] Anfang, [5] Stoppelkälber, Dummbärte, [6] seht, etwa soviel wie: nota bene, oder: nebenbei bemerkt, [7] warf sich stolz in die Brust, [8] Schlag auf Schlag, [9] die Nase putzen = Respekt kriegen, [10] Gescheitheit, [11] kurzum, [12] hinten drauf, [13] am Ende, [14] o Weh, [15] hinten wider, am Ende, [16] große bedeutende, [17] abgeschnitten, [18] verwirrt, konfus, [19] dahinter, [20] allerletzten, [21] wies, zeigte

Julius May

Die Streckfräh von Itzehäng

Em Gilserberger Hochland leit
dos Derfche Itzehäng.[1]
Dohen kom mol ver langer Zeit
der Brand[2] em Scheesewäng.[3]

Der woll die Schul mol revediern,
ob alles wor em Schuß.
Wie nex meh wor ze visediern,
do säht hä dann zum Schluß:

»Auch Handarbeiten möcht ich sehn,
die hier die Mädchen machen,
ob alles ordentlich und schön
an Strick- und Häkelsachen.«

Doch wie hä do ö mäkeln woll'
do fing die Streckfräh[4] on,
on nohm des Maul geheerig voll
un säht en barschem Don:

»Herr Melpodan,[5] dos loßt mol seng,
davon versteht Ehr nex,
wos hie gemocht wärd von der Keng,[6]
dos es all gutt em Wex!«

Zum Bärgemeester ging hä dann,
eh hä fuhr werre fort,
doch wos em säht der gorre Mann,
hat hät noch net gehort:

»Ver desser Fräh do brücht mer Schutz,
ech kann e Liedche senge!
Wann die ofangt, die ahle Glutz,
dann leit Ehr awwer enge!«[7]

[1] Itzenhain, [2] Metropolitan Brand aus Treysa, [3] Kutsche, [4] Strickfrau (Frau aus dem Dorf, die Handarbeitsunterricht erteilte), [5] Metropolitan, [6] Kinder, [7] aber unten

Heinrich Ruppel / J. Schwalm

De Hereng

Friejer, do gabs ii de Schwälmer Därfer noch kee Hereng. De Jerj[1] gong noch Zaijeng[2] un wollt sich so e Ding emool kööfe. He gong no em Kööfmann un bezollt däm sechs Heller. Un doo froot[3] he, wie mer de Hereng seräächt mache kennt, ob ma'n siere odder broore mißt. Der Kööfmann, der wungert[4] sich öwwer die Frooj[5], es woar so en geschwollene, hä schwatzt so geschwollen, un hä säät: »Was das anbetrifft, so darf der nur ein bißchen Feuer sehen.« – No ja, der Jerj hatt's gehot[6] un moocht sich fort. Die Zäit word em selches long bis he noch heem koam, weil he so'n Honger off den Hereng hatt. Un doo koom er bei de Wessemehl bei Merzhöuse[7] verbei. Un aus de Fänster vo der Mehl do schimmert Licht. »Wooas hat der Kääfmann in de Stoodt gesäät, der Hereng, der bricht nür bloß e wing[8] Fiier[9] ze saah, un daa kinn mer'n gässe[10]«. Jerj wickelt de Hereng öus em Babier un hüll en so en Momänt in de Lichtschimmer. Dobei doocht he sich: »Na ja, dos wärds geweß scho düü, Licht is jo ööch Fiier, un des brücht de Hereng doch bloß ze saah, daa[11] kann mer'n gässe.« – Oh wei, uff eemol füll em de ganze Hereng aus de Hoand röus. Hä bocht[12] sich un fummelt em Groas rem, hä sücht en, uff eemol haar he woas gefange. Doas doat so komische Quääk wie en Freesch[13], oawwer hä nümm's gückt sich's oo, soog's[14] nät so rechteg un hä sätt: »Beek[15] äwwer[16] beek net, du höst Fiir gesaah, dü mußt droo glöwe[17]!«

[1] Jörg; [2] Ziegenhain; [3] fragt; [4] wundert; [5] Frage; [6] gehört; [7] Wiesenmühle bei Merzhausen; [8] ein wenig; [9] Feuer; [10] essen; [11] dann; [12] bückt; [13] Frosch; [14] sah es; [15] schreie; [16] oder; [17] glauben

Annleis Glänzer

Ee Rees noch Frankfott in Zoo

Es wor so i de Foffziger Johrn,
do wolle mer mul noch Frankfott fohrn,
met däm ahle Ford bräuste mer los,
noch Alsfäld off die Autostroß.
Die wor noch nett so voll wie hett,
wann ma dos sprecht, da glöbt ersch nett.
Un däshalb komme mer schnell vero,
un wonn so geje 10 Uhr do.

Ins Ziel dos wonn im Zoo die Affe,
die mochte ins scho lang seschaffe.
Bei ins getts zwor öch manch Gedier,
doch Kameler un Noshänner sieht ma nür hier.
Die Elefante met dickem Fäll,
die Bärn, ob bräun oder öch häll,
die Sterch, Flamingo un Pinguine,
gückte mer oo met ernster Miene.

Die Bläume bliehte, Vögel songe,
off ehmol säre inse Jonge;
»Mer hun nü Doscht un großer Honger«,
es wor Metdog, also kin Wonger.
Im Zoo, ins große Restaurande,
gongs nü met inser Rasselbande,
dö Ower komm, es wod bestaahlt,
un hemlich mol dos Gäld gezahlt.

Wies Ässe komm – die Däller groß,
doch off dä Däller wor nex los!
Ee Steckche Flesch, un weng Salot,
dovoh wäd doch kin Mensch net soot!
Ins Heinche gresch, un mocht ee Häufel; (dummes Gesicht)
»Dehem äß ich veel mie Kadäuffeln.». (Kartoffeln)

Dausend Zonge

Bei ins i dä Schwalm do es so schie,
do kunn mer Wejslejt dä Nowend gieh,
nochem Pfarrer i die Frauenstonge,
do wäd gebastelt, geschwatzt un gesonge.

So mancher Chorsatz wäd gebrobt,
un ab un zu wänn mer gelobt.
Nochhem komm ich, met flinker Zong,
berecht ich mengem Mann und Jong;
»O daß ich tausend Zungen hätt»,
des songe mer hett em die Wett.

Vadutzt gückte die Zwee sich oh,
un ähre Öje lichte froh.
O dä Gesechter kunn ich erkenn,
wos beere dochte sich im Senn.
O Votter, sät ins liewer Jong,
zum Gleck, hött Mutter nür ee Zong.

HANS STEINACKER

De Ufloht[1)]

Ds Fritzche setzt om Kaffeedesch
onn stabbt sich vol dee Rebbe,
onn ess au nur en kläinner Wesch[2)],
e packt en schenner Schlebbe.

Dee siewet Kräibbel hat's verdrockt,
doh wollt's em net meh retsche;
ess hat emohl de Buuch[3] verrockt,
ess woer em bee zom Pretsche.[4]

Si Modder sprecht: »Noe, Fritz, griff zo,
bass senn mr dass fier Bosse,
ich honn e schee Deil drogedo,
häitt mancher nur dee Brosse.[5]

Off eimohl dott dr Fritz en Brohl,[6]
als stäcke in em Mäisser;
dee Trebbel falle in dee Schohl,
e sprecht: »Ich konn's net baisser!

Bee gäihn feng ich von voene o,
bee wellt ich se verdrecke,
bass konn ich de no dohderzo,
min Buuch, däih dott mich zwecke!«

[1] Unflat, [2] kleine Person, [3] Bauch, [4] hier im Sinne von »übersatt«, [5] Brosamen, [6] lauter Schrei (brüllen).

Wenn im Winter bei strengem Frost bisweilen samstags das Dorfbackhaus einmal kalt blieb, gab's statt der »Bläihchkoche« (Blechkuchen) mit ihrem süßen Belag von Zucker oder »Remmel« (Krümel) nur einen trockenen »Isekoche« (Eisenkuchen, nach der großen rechteckigen eisernen Form benannt). Besser aber mundete es, wenn »Modder« sich zum »Kräibbelbacke« (Kreppelbacken) entschlossen hatte.

's woer alles fier dee Katz!

Hast du e Mäihdche gäihn gehat,
onn bee se dann en Annen hat,
doh däihnkste on de läisste Schmatz[1]
onn sprechst: »'s woer alles fier dee Katz!«

Bäinn du im März Kardoffel säitzt,
wist hoedig hinn onn häihr gewäitzt,
onn später honn se dann de Knatz[2]
doh sejst de i: »'s woer fier dee Katz!«

Dee Modder sprecht: »E Huh ess dot,
ich feddesche doch immer got.«
Häitt säj gewoßt, ess woer en Ratz[3]
doh seg se net: »'s woer fier dee Katz!«

Onn woer di Lawe[4] noch so lahng,
bass uff, daß off dr Dodesbahnk
de net moßt soe: »'s woer nur e Hatz
onn woer doch alles fier dee Katz!«

[1] letzter Kuß, [2] Schorf, [3] Marder, [4] Leben

GEORG LOHN

Uffklärung

»Derr Lehnhoard eß noo fufze (15) Joahr,
daer moß merr uffklär, daß eß kloar»,
so sprecht sinn Vadder Friedrich Schmier
on kneppt sich moal sinn Spreßling vir.

»Du Lehns», so säjt e fejerlich,
»sätz Dich hee hin on hiir uff mich.
Uff onser Wält, bej all derr Liid,
doa gitt-s en klänne Engerschied.

Dee Fraue, no, daß eß joa kloar,
hon Reck oa, on hon länger Hoar,
daß weiß-de, doch Du moßt noch weß,
daß villes noch ganz annerscht eß.

On Vadder Schmier, daer hält sich droa,
fangt mit intime Sache oa.
E guckt noach Lehns, doa staellt sich ruus,
daer Lausjong lacht sinn Vadder uus.

On säjt em doch, daß wär aal Sopp,
derr Vadder kreht en rode Kopp.
Där Lauser woar längst uffgeklärt,
bee mersch macht, so eß verkehrt.

Sprachhilfe: Lehns = Leonhard, gitt's = gibt es, hon Reck oa = haben Röcke an, ganz annerscht eß = ganz anders ist, aal Sopp = alte Suppe.

Dee uugewäschene Feß

Ihr Liid, daß woar en schläschte Witz,
daer Mellersch August hat's im Kriz,
dremm wäscht-e fir derr Dokter sich
Kriz, Brust on Hals räscht ordentlich.

Där Dokter, bär konn daß geweß,
där intrassiert sich fir dee Feß,
Just mejnt, doa kennt merr druff verzicht,
on sinne Feß doa hätt-e nischt.

Noo koams, bee daß meist immer eß,
dee Doktersch wonn daß bässer weß.
Just dänkt: »Noo wißt-e sälwer schold,
Du hast-s joa annerscht nedd gewollt.

E beckt sich, on e macht sich droa,
on hat dee Stiewel uusgedoa,
e dott derrbej en liese Floch,
daer ei Stromp hat e himmels Loch.

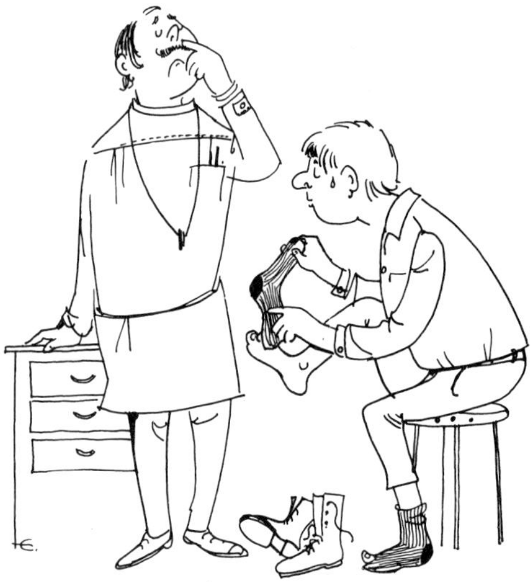

Dee Stremp erab, noo woarsch geweß,
daß woarn nedd groad dee schenste Feß.
Daer Dokter von daem goode Duft,
verzijt sii Noas on schnappt noach Luft.

E guckt nur korz, dann lähd e los,
baß daenkt mer sich derbej wohl bloß.
Segoar en Schlitzer moß daß weß,
merr wäscht sich fir der Oarzt dee Feß.

»Joa« sprecht daer Just, »doa wäsch ich mich,
om Hals, im Kriz räscht ordentlich,
on Sej monn doadervoo nischt weß
on inträssiern sich fir mii Feß;
schlemm, bee merr mit der Lüd verfährt,
bee mersch macht, so eß verkehrt.«

Walter Hansel

Die Geldquell

Dem Schmied sein Stift, de Heinerich,
wollt off die Kermes geh.
Doch wann e i sein Geldbeil gugt
defft de wing besser steh.

Vom Schmied kricht he gewess ka Gaeld,
on ach net vo dehaem.
Doas nemmt em awwer net die Ruh,
er lesst's emol gewaen.

Ae Quell kennt jeder Schmeddestift
wu mer gezappe kann
wann mer e Kippegeld misst ho
emol so dann on wann.

Er schnappt en Nael, en Homel sich
on sicht ach got net lang,
die erscht Geldquell set he schu
am nächste Goartezang.

Do is e Deppche fier die Noacht
zum treggeln ofgesteckt.
Er geht vorbei, es mecht korz »pleng« –
er werd ach net entdeckt.

De annen Morche kemmt die Fraa
vom Nochber i die Schmedd
on sprecht: »Es Deppche is net dicht
doas werd emol gelöt!«

De Schmied dae geds dem Heinerich
on meint: »Mach du's ellei,
die 30 Fennig die doas kost,
die deffe nochher dei.«

So gehts nu Doag fir Doag die Woch
on wie's dann Sonndich werd,
do hot die Geldquell funktioniert,
die Kermes is gerett!

(Beschrieben wird, wie sich die Schmiedelehrlinge durch Löten der Nachttöpfe ein Taschengeld verdienten. Wenn dringend Geld gebraucht wurde, konnte auch mit Hammer und Nagel nachgeholfen werden, wenn die Töpfe abends noch zum Trocknen am Gartenzaun oder an der Hauswand hingen.)

Der erlegte Plugg

De Nochber Karl ging off die Joacht
en Jächer derch on derch.
So woar e wirre off de Pirsch,
he on sein Freund de Jerch.

Es woar e bes'che niwwelich,
die zwe ginge off Tur,
ofaemol sprecht de Jerch zum Karl:
»Boas is dodiwwe nur?«

De Karl stellt fest: »Dos is en Hersch!«
reißt's Schießding hoch on schießt.
Er trefft, es dut en Himmelsschloag,
's wess kaenner wos dos is.

Sie laafe zum erlegte Hersch,
do ho se domm gegugt.
Woas er erlegt hat woar kenn Hersch
Es wooar dem Fritz sein Plugg.

(Grundlage dieses Gedichtes ist eine wahre Begebenheit. Ein leidenschaftlicher Jäger hält im Nebel einen am Waldrand abgestellten Pflug für einen Hirsch, schießt darauf und trifft die Pflugschar.)

Werner Henkel

Daeh verdammt Raeche

Doas Trinche woar em Pangsjonat,
laennt doett net Beldeng nur allei.
Gett nur gebotzt em fäinste Staat
on fehlt sich net meh wohl derhei.

Ihr Tracht, deh drährt se laengst net meh,
en Sierehoot moß es jetz säih.
En Lackschuhr koann se nur gegeh
onn Sträimb beh Spennwoabbe so fäih.

Se kriert au jetz en Baelz beh deck,
us Frankfurt, ussem fäinste Laare.
Der Voare berappt's, deß Joar zom Gleck,
säin deh Karduffel goot geroare.

Platt, doas schwatzt se au net meh,
Hochditsch on Franzesisch nur.
Platt, doas fengt se goarnet schee,
derbäi läit's doch en ihr' Natur.

Doch eimoah hoat säih sich veroare,
en Ehwerlaenscheld woar doas wohl.
Säih woar zor Huhrzich iehgeloare,
macht doett Geschwaetzer, domm on hohl.

En Raeche soach se oan der Waand.
»Mon dieu«, meint se, »welch Instrument,
mit langem Stiel, so unbekannt.
Wie man ein solches Ding wohl nennt?«

Beh se so woar em Hochditschspraeche
foall ihr daeh Raeche off deh Noas.
»Autsch», krischt se, »douh verdammter Raeche,
bremm bliehst de dah net steh, douh Oas!«

Deh Kätt

Der Konroad noh deh Waelt verlätt.
Nahwet sim Baett setzt sieh Frau, deh Kätt.
Fier Kommer on Schmaetz well se goar vergeh:
»Min gorre Mann sterrt, on doas dott me so weh!«

Doch doah sährt daeh Konroad: »Mieh Fräiche, hier zoh,
Uune Mann koannste deh Aerwet heh net gedoh.
Baeh soll däih dah uune mich deh Ziet verdrieh?
Ich glei, douh däffst net lang lehrich blieh!
Daeh Schoesch, us der all Gaß, daeh eß zwoar net rich,
oawer spoarsam on dichtich, ganz bassend fier dich.«
Fier louter Träne hoatt's deh Kätt kumm ruusbroaicht:
»Joah, joah, oan daeh haett ich au schon gedoaicht!«

Wilhelm Pfeiffer

Där Martin läßt net locker!

Ach, Großmotter, mehnte der Martin mol scheene,
Du dist mäh so lehre! Best immer alleene!
Du host keene Kenne! Dos Beste werd sin,
Du lähst dech sächs Dohche in's Krankenhüss nin!

»Ich hon's net im Kritze, min Buchweh lesst noh!
Dos Krankenhüss es doch fer Kranke bloß do!«
»Net ocker fer Kranke! Ech wor schonn mol drenne
Do hon se 'ne Stowwe voll gänz kleener Kenne!
Ech hon noch drei Danten, die alle wor'n drongen
Un eene, die kief sech glich of emol zwäh
Jongen!«

So ocht Dohche spehrer riff Martin, der Kleene:
»Ach Großmotter, best jo noch immer alleene!
Du wehst, däss en Briererchen fählen mä dit,
Min Motter, die hollt keens, die hot keene Zit!
Holl Du mäh en Jongen und spräck mäh net näh,
Du krichest höbsch Rente un Zit host de öh.«

»Ech kriche ken Jong'n meh, ben ahlt, ohne
Zohn!«

»Fohr hon doch», der Martin von vorne fing ohn,
»un recken se rüss Dä ken Jongen, köhf fex
en Schwesterchen mäh doch, 's es besser wie nex!«

Der geleffelte Friehschoppen

Die Glocken hon so höbsch gelütt
om hellen Sünndogmorjen,
do bruchte me dem Jakob Schmidt
dos Glecke net zu borjen.

En Friehschoppen, do wor hä fär,
wenn's ging, schon vär der Kerje!
Gelohren hatte werre schwer
hä bie dem Donner-Jerje.

Un wie dos so im Läwen geht:
es kommt emm in die Quäre
der Parr, en Kerle groß un breht,
der brommelte wie'n Bäre.

»Zum letztenmal heut' warn' ich Sie:
(– wer wird denn so tief sinken? –)
Herr Schmidt! Sie dürfen Sonntag's früh
auf keinen Fall schon trinken!«

»Herr Parr!» sprock inse Jacob do,
»ech tronk ö net en Troppen!
Biem Donner-Jerje froochet noh
bie Ochem Dämmerschoppen!

Herr Parr – dos weeß der liewe Gott –
ech hon Och net vergessen!
Den Schnaps ech in 'ne Schessel schott ...
mä kann die Brieh ö essen!«

Dieter Otto

Der Hungrige

Der neue Porr im Dorfe wor noch Jünggeselle und hä ging ö gerne bie de Liere zum Essen. Emo sprog de ahle Dante vär än: »Ach, Herr Porr, esset nur ordentlich – noher kriches dann doch de Schwinne!«

Der Trauspruch

In Woowern[1] wollte mo en Määchen frichen. Biem Trauspruch frochte der Porr, der schon lange in der Gemeene wor: »Kathrine, bei deinen Eltern habe ich damals vor 25 Jahren den Vers aus dem Buche Ruth ausgelegt: «Wo du hingehst, da will ich auch hingehen ...«. Den könnten wir doch auch bei deiner Hochzeit nehmen!« »Ach, Herr Porr, dos es jo en hibscher Sproch, awwer mä nemmen än doch nit, hä (und sie deutet auf ihren Verlobten) hä es nämlich Briewedrächer und ich hon doch immer so wehe Fisse!«

[1] Wabern

»Umma«, froochd dos Hänschen

»Umma«, froochd dos Hänschen, »wo host du dann nur die välen Senftdibben stehn?« – »Awwer, Hänschen, dos Senftgloos sted doch im Schanke. Wie kimmesd du dann awwer nu wirre uff'n Senft?« – »Jo, weesde Umma«, sprichd do druff dos Hänschen, »gest hod min Babba gesähd: 'De Umma muß awwer au bie alles ähren Senft dobie gähwen!«

De Brüdzid

In eenem Dorfe bie Woowern hadden Dippels een kleenes Kiwwewerkchen un nur eenen Jüngen. Hä woor är Eenzicher; verhudscheld un verdudscheld, un dobie ö son bißchen wüngelich worren. Als hä nu de drissich uff'n Buckel hadde un de Ellern nid meh so kunnden, do wärsch än reecht gewähn, hä hädde mid'm Frichen[1] ohngefangen. Sä hielden ohn, sä machden Värschläche – kurz – hä wull enfach nid.

Wie nu d'r Vooder mid ämme mo dood aggern, do setzte hä ämme zu: «Kerle, mä wären immer äller und stiffer. Dinne Mudder kann ö nid meh. Nu fang bahle ohn mid'm Frichen.«

»Abber, Vooder, eechendlich hon ich Angest vär d'n Määchen!«

»Ich wäre nid meh«, sprog nu dodruff d'r Vooder. »Hon ich dann Angest gehad, als ich gefriched hon?«

Do brüßt nu d'r junge Dippel uff: «Du haddest nu ö gud frichen gehad. Du host jo inse Mudder genommen – hä – awwer ich, ich muß en bludsfremmedes Mensche frichen!«

[1] Freien

Gelacht

Fragt die Oma: »Kend, worimme krischest du dann?« – »Ach Oma, min Vooder hot en Bild uffgehangen un dobie hot hä sich uff'n Fengernöhl geschlohn.«
Die Oma: »Din Vooder hot zwee linke Hänge un äs en Stiffschlibben. Awwer weil hä sich uff sinnen Nöhl geklobbet hot brüchst du doch nit zu krischen min Jingelchen!«
»Ach Oma, zu irschte hon ich jo ö gelacht.«

De Umma hibbed

De Umma sihd je nu au so schlächd. Un inse Hänsche well är ö mo wos Gurres dun. Hä nimmed sä mirre uff de Strooße und did se leeren (leiten). Es hod gerähnd un es sin große Pidschen uff d'r Strooße. Sä sall awwer nu nid nindabchen un do riefd dos Hänschen:

»Umma, jedzd mußde hibben!« Und de Umma hibbed iwwer de Pidsche hin. No ’ner Wille no mo: »Umma, hibbe mo!«
Dos gefill nu d’m Hänschen un hä lißd de Umma au do hibben, wo keene Pidsche äs. Dos sid de ahle Dippelschen un sä googed üs ärem Fensder: »Hänschen, du Huddich, du lässes dinne Umma hibben, un äs es gor keene Pidsche do! Schämest du dich dann iwwerhöwed nid?«
Do wird inse Hänschen awwer beese: »Dos gid üch awwer gor nix ohn. Dos äs nämlich minne Umma un die kann ich hibben lossen, so väle ich well – bäääää!«

Heinrich Ruppel

Dos wor geschmeichelt

D’r Schwinneschorsche üs Doawertshüsen komm emo in die Kreisstoodt on güng ins »Nasse Eckchen«. Wie ämme nu die Wärrtin sinn Schoppen zappede, frogede sä änn als gurren Bekaanten: »Schorsche, hoste dann schon mo onser Kleenes gesähn?« Dos Kleene wor noch so hengenooch gekommen, als me bie den Wärrtslieren on so wos schon gor net meh gedoocht hadde. On d’r Schorsche woßte noch gor nex d’rvon. Däswäjen säde hä: »Nä, Marthe!«
»No, dann komm mo roff!« sproch ’s Marthe. »’s äß ’n kleen Mäjen. Jöngen honn me ö genöngk.« On sä güng värüs.
Hä dappte henger ähr her die Treppe noff on in die Schlofstowwe ninn, wo d’s Kengerwängche stüng. Sä machte liese d’n Värhaangk zereck, lachte glecklich on säde: »Guck emo do!« Do lohk dos hebsche kleene Dengelchen in sinn wissen Kessen wie so ’n Engelchen. On do kunnte d’r Schwinneschorsche net annerder als sprächen: «Jo, jo, je äller die Dogge, desto schenner die Ferkel!«
On dos wor üch wahrhaftig geschmeichelt.

’n Komblement

Nölls Ernst in Arhüsen krechte mo Besüch. Die vier Döchter von sinner Schwester, Frö Schneirer, woren do. Dos woren üch vier Staats-Märe, eene immer schenner als die angere. Wer se sohk, dem güng vär all ährer Scheenheet d’s Herz of wie ’ne Kräbbel. D’r Onkel selwer wor net wenig stolz of sinne Schwesterskenge on luß se om Sönndoog ins Nochberdorf fohren, wo se Verwaandte besüchchen wullen. D’r Knächt mudde sich in Baradekluft werfen on of ’n Kutscherbock setzen. Die vier Märe stejen in. D’r Knächt fuhr los of Hombärk zu. Wer ämme begöhnde, der blebb stenn on guckede nooch den vier hebschen Wiewesbeldern, on se gefullen nem jeren; dann es woren so ganz kurante Denger. D’r Knächt wor ganz stolz, daß hä se fohren dorfte, on drehte sich of simm Sitz rem on em. Awwer es wor, wie wann ämme ’n Steeng of ’m Herzen leek, wie wann ’hn wos dreckede. Doch of eemo gobb hä sich ’n Ruck, saßte sich hoch on säde ewwer die Scholler zereck zu den vier hebschen Mären: »Jo, jo, so ’ne Fuhre Märe fohr ich doch liwwer als ’ne Fuhre Mest!«

Der verwurschtete Gull

Der Gastwirt Wenzel von Hoheneiche hat mal seinen Jungen mit einem alten Gaul nach Kassel geschickt. Da sollte er ihn um jeden Preis losschlagen und einen anderen, jüngeren mitbringen. Dabei hat er ihm gesagt: »Kannst beim Krawaller in Fürstenhagen übernachten. Das is noch 'n ahler Fründ von mä.«
Der Wirtssohn kommt beim Krawaller vorgeritten, als der gerade drei fette Schweine am Haken hängen hat. Da bestellt er denn die Grüße und erzählt von seinem Vorhaben. Der Krawaller geht um den alten Zossen herum und betrachtet ihn sich von allen Seiten. «Och, Junge, ich will dä mol wos sprechen: laß den Gull hie! Wos de in Kassel d'r Schinger deför giwwed, dos krijeste von mä auh. Du kümmest me grad wie gerufen. Ich mach den ahlen Krippensetzer unner de Worscht.« Dem Burschen kommt das alles zu überraschend. Doch der Krawaller macht ein gutes Angebot und setzt ihm so lange zu, bis er einschlägt. Aber dann kommen ihm doch Bedenken. Daß seine gute alte Fanny verwurstet werden soll, ist ihm gar nicht recht, und so macht er sich denn bei erster Gelegenheit heimlich mit seinem Gaul davon. Anderntags in Kassel hat er viel Laufereien, bis er seinen Gaul verkauft und einen neuen dafür erhandelt hat, auch so einen Braunen, ganz wie die Fanny, nur jung und glatt. Hundemüde reitet er am Abend in Fürstenhagen ein, wo er beim Krawaller übernachten will. Da legt er sich denn gleich ins Bett, ohne den Wirt gesprochen zu haben. Am Morgen will er sein Gäulchen aus dem Stall ziehen und weiterreiten. Da ist es fort. Aufgeregt kommt er zum Krawaller.
»Dinn Gull süchest de?« fragt der. »Jo, den hoste me doch v'rkööft! Den hon ich gestern Owend noch abgeschloochtet on hüt noocht glich v'rwurschtet.«
»Awwer das war doch ein anderer! Ich bin doch schon in Kassel gewesen und hab die Fanny verkauft und einen andern eingehandelt,

grad so einene Braunen!« sagt der Bursche kläglich.
»Kerle, Kerle! Hon ich me schon gesprochen, wie ich ämme d's Fell abgezochen hon: Was me sich doch vergucken kann! Wo kemmet bie so 'nem rappeldürren Gull nur all der Schmeer her? Jo, do is nu nischt meh ze machen! Jetzt is e schon drinn in d'r Worscht!«
Da war der Bursche ganz untröstlich. »Was soll ich nur minnem Vadder sprechen?«
Aber der Krawaller tröstete ihn: »Kerle, hör uf ze flennen! Guck, do drussen stett jo dinn Gull! Nu reit heim un sprech dinnem Vadder, du wärscht biem Krawaller gewä'n. Un disse Worscht nämm ämme noch midde – die is garantiert ohne Gull! Hä sull se sich schmecken lassen, un hä wird sprechen: De beste Worscht zweschen Kassel un Eschwäje giwwed's doch beim Krawaller!«

Henner Piffendeckel (Philipp Scheidemann)

Ds Hosenknopp-Dheater

Kimmet do eines Sunntachs min Freind Willem bi mich un wäll, daß ich mit emme no Sannerschhusen sall. Hä mißte unbedingt henne, un ich mißte middegehn. Mä dät son Spaziergang gut, un emme wäre geholfen. Hä bruchte dann den widden Wech nit alleine zu machen.
Ich schmäß also de Arweit henne und sachte: »Willem, du best min Freind, un wer sinnen Freind im Stiche läßt, äß'n schlechter Kerle. Warte 'n paar Minuten – ich well schnell Toalette machen un minnen neien Anzuch ahnziehn!«

Der langen Rede korzer Sinn:
Ich schmäß de ahle Hose hin,
nahm uß dem Schrank de neie graue
un stripp se ahn. Ich fiehle, schaue:
Weiß Godd – do sin sechs Knäppe weg!
Verdebbelt jo, äß das 'n Dreck!
Ich hink se widder in den Schrank,
de Hose, die so knäppe-krank.
Behenne griff ich no ner annern.
Ich well mit minnem Freinde wannern!
De schwarze her! – Un wie im Nu
ben ich au drin, knäpp vorne zu.
De Träjer her! – Ben ich von Sinn?
Wo sin dann nur die Knäppe hin?
Sechs sullens's sin – zwei sin nur drahn!
Was fang ich armes Luder ahn?
Verdanzich nä, so Sackerment –
fressen Motten de Knäppe am End'?

Karline kimmt – un äß entsetzt,
daß minne Hose so verletzt.
Se schittelt ähren Kutzelkopp,
stellt off den Tisch den Kaffeedopp:
»Henner, glaub mä, liewer Mann,
es war'n noch alle Knöppe dran
den letzten Sunntach-Morjen!«
Se hippet an den Tisch geschwind,
wo sonst an dreißig Knäppe sind.
Se zieht de Lade schnell heruß –
macht'n Gesicht, als lief ne Luß
ähr iwwer Herz un Lewwer.
Ich spier's, mich packet kahles Grausen,
– do missen beese Geister hausen!
Kein einzjer Knopp im Schubfach mehr...
Karline wird ds Herze schwer.

Das äß ne rätselhafte Schoose –.
Betriebt griff ich zur ahlen Hose.
Doch kaum hon ich se au am Bein –
verbommich nä! Kann's meeglich sein???
Es zittern Beine mä un Hand –
von ähr sogar 'n Knopp verschwand
in wenigen Minuten!
Mä heerten leise de Dähre gehn
un konnten dann noch grade sehn,
wie um des Huses Eck' verschwand
dr kleine rote Frieder...
Dann heerten mäh'n vergnieglich krischen:
»Noch einen konnt' ich grad erwischen!
Jetzt geht's von neiem ins Dheater!
Mä hon's, mä hon de Knäppe!«

Mä schnappeten beide Luft... – ein Stein rullte uns vom Herzen: Gottlob und – dank – also kinne Hexerei – de Knäppe waren off de natierlichste Art der Welt verschwunnen!
Schnell wie'n Wiesel schlippete ich in Jacke und Mantel un machte mit dem Karline hinger dem rothaarigen Fisle her. Wer dachte do noch an den Willem?

Der soll alleine noh Sannerschhusen machen!
Geschwinde imme'n paar Huß-Ecken rim, durch de ahle Gahrten-Dähre, un dann stannen mä vor dem Musen-Tempel zwischen Appel- und Bernbiemen: Zesammengeklappet uß Latten und Brettern un mit Leinwand iwwerspannt, rachte de Biehne iwwer dn Keppen von unzähligen Kennern und Jurendlichen in den summerlichen Himmel.
»Sterwen muß de, wann de ds Geld nit rußrikkest!« schrieen sich zwei Jungen ahn, die sich druffe kloppeten. »Ds Geld oder's Läwen!«

Derbie wälzten se sich off dr Ähre rimme und strecketen de Beine in de Luft, daß de ganze Zuheererschaft vor Vergniejen sich den Buch hielt!

»Was spählen se dann do?« frogte mich ds Karline ins Ohr. »De Reiwer«, wisperte 'n Dreikäsehoch, der nebendrahne von uns stand. »De Reiwer vun Schiller!« und dann sprung hä uff de Biehne, schmeß sich uff de beiden Krawellanden, zottelte und zachelte sä un schrie us Leiweskräften: »Ds Geld oder's Läwen!«

»Was kost' dann dr Eintritt?« wandte ich mich ahn den roten Frieder, der vor mä stund.

»Drei Hosenknäppe für Kenner, einen Knopp for'n Konfermande – de Erwachsenen sin frei.«

»Un du best wohl abonniert hie?« kamb ds Karline derzwischen.

»Mä sin alle Dache zweimo im Dheater. Dann ätz billiger, dann bruchen mä nur fimf am Daach«, flisterte der Frieder. Mä gung ne Latichte uff. Ich rechnete: Seit acht Daachen war 'z Dheater hie. Acht mo fimf sin vierzig.

»Wo haht dä dann de Knäppe hä?« gock ich ne scharf ahn.

»Och – die hom me gefunnen ...«

»Gefunnen? – Wu dann?«

»Och, in der Schublade, im ... im Knäppe-Biedel ... un ...«

(In scharfem Verhörs-Ton)

»Un wo noch?«

»Jo ... un am Vadder sinner Hose, do war'n au'n paar lose –« Mit einem tiefen Seufzer beendet ds Karline ds Verheer: »Se vaddern sich ...« sproch se langsam un gock mich ahn. Un do dermidde wor de Hosenträger-Tragedie im Hosenknopp-Dheater zu enne.

Nach Günther Vogt

Ungeschickt

Zwei Holzfäller am Hohen Meißner schlagen einen Baum um. Schneller als erwartet fällt er. Der eine Mann kann rechtzeitig wegspringen, der andere wird erschlagen.
Sechs Wochen später begegenen sich die beiden Frauen.
Na, wie gehts dä dann, Grete?
Frog net, wie salls nor armen Witwe schon gehn. Doch muß ich sprechen, alle hon mä geholfen. Alleene von de Unfallversicherung hon ich 50 000 gekrecht!
Un min Ahler springt uff de Siere?

Karl Lungershausen

Se hadde kinne Traute nid

»Wannher Minner om Friddore widder harte vun dr Arweid heimkimmed, dann sall hä was erläwen, ich packe nohm Wellholz so wohr de Lambe brennd!«
»Awer Ernschtine, besd dann nid ganz gescheid, doß kannste emme doch nid onduhn!«
»Maichen, do kennesde mich awer schlächd, dissmoh gidds kinn Pardon, ich well emme Moritz lernen!«
(Ein Tag später.)
»Na wie dann Ernschtine, hodds dann bie uch wos gegähn – ich honn je gonischd gehord!«
»Och weißte Maichen, als hä ver meh stung un mich vun unnen ruff ongock, do hadde ich kinne Traute nid zuzeschlohn.«

Die kleine Diweräns

»Herr Dokter, kunnt deh dann äwend moh uffn Sprung bie uns derheime verbiekummen?«
»Aber gewiß doch, liebe Frau Noll, wo fehlts denn?«
»Och wissense Herr Dokter, ich un minn Mann, meh hadden so ne glitzekleine Diweräns un weil hä mich dobie onpacken wull, do honn ich emme eine geklistert!«
»Aber liebe Frau, vertragen Sie sich doch wieder und lassen Sie mich bei Ihren Differenzen aus dem Spiel.«
»Dos well ich au liewend gärne, Herr Dokter, awer erschd mohd deh kummen un emme wos gähn, domidde widder bie sich kimmed.«

Fritzchen kumm nuff!

's Anna uss dr Finffensderstroße riefd ussem Fenster: »Fritzchen kumm nuff, meh wunn essen.«
»Ooch –, honn kinn Hunger, wos gidds dan?«
»Soppe!«
»Ooch, Soppe, ich well nischd!«
»Kumm nuff un ess dinne Soppe, ich honn deh au ussem Kunnsum wos middegebrochd.«
»Schmiß runger!«

Frau Sandrock, das muß anders werden!

De ahlen Sandrocks groffen ds Sunndogs wie de Woche uff ährem Höbchen rimm, weil se ußer ährem bischen Landwertschaft nischd angeres kannten. Se gingen nid moh ds Sunndogs in de Kirje. Bis daß dr Pach eimoh on ährem Hisschen verbie kummen äs un vors Karline sproch: »Frau Sandrock, das muß anders werden!«
Ähre Mann wull vun alledähme nischd wissen, awer ds Karline hodd dann doch uff Pingesden angeres Werk ongezochen un äs zesammen mit ährer Schwester un noch angeren Lieden noh Vollmerschhusen uffs Missionsfest gemacht. De Posaunen woren do un Kaffe un Kuchen gobbs au. Wie se dann zem Fittern widder heimkummen äs, freechd dr Ahle neijierig wie hä nu eimoh wor, wos se uff demme Feste so alles gemacht honn.
»Och«, sprichts Karline, »wäjem dem veelen Winge kunnte ich rein gonischd verstehn, awer hingerdrinn, wie se en Deller honn rimmgehn lossen, do honn ich meh au zwei Marksticker dovunne genummen.

Bernhard Martin

Danzleed

Mäken, kann dick gäärne liin,[1]
Du kannst miine Brout wall siin,
Witte[2] meck tem Bröumen?[3]
Ick will nicks versäumen!
Ik un Dou willt[4] Hochtiit maken!
Hiäste dänn en Beddelaken?
Un en nigge[5] Beddestidde?[6]
Süs goah ik ni midde!
En Beddelaken hewwek wall,
Auk ne gudde Beddestidde.
Wänn Dou hiäst ne Koh im Stall,
Dann goah ik wall midde?

[1] leiden, [2] willst du, [3] Bräutigam, [4] wollen, [5] neue, [6] Bettstelle.

Die Mensche komme – unn se gihn –
Unn's komme widder annern:
Es is in Glick und Herzelaad
E immerwährend Wannern,
Aans awwer bleibt dem Mensche stets,
Wu er aach sei gebor'n:
Trotz ew'gem Wechsel gieht em nie
Die Muddersprooch verlor'n.

Otto Nielk

Eugen Ernst

Muttersprache – Mutterwitz

Wenn dieses Büchlein unter dem Titel »Lache is gesund!« vorgelegt wird, dann bedarf es u.a. des Nachweises der Beziehung zwischen den Begriffen Muttersprache und Mutterwitz. Dabei werden die wichtigsten, zum Teil sehr unterschiedlichen hessischen Mundarten, die hessischen »Muttersprachen«, zu Wort kommen. Sie sind so verschieden wie das Land Hessen in seinen Oberflächenformen kleingekammert ist und wie es früher territorial und konfessionell sehr unterschiedlich von vielen Landesherren beherrscht wurde.

Ist Muttersprache noch gefragt? Sie zu vernachlässigen, sich ihrer zu schämen – auch in der Schule – ist kulturhistorisch sträflich und außerdem dumm. Unsere schöne Hochsprache, die aus dem ostmitteldeutschen Dialektraum stammt, bedarf ganz gewiß der Pflege, sogar einer besseren, da sie fast nur noch in der nivellierten Presse- und Fernsehsprache auf uns kommt. Die ehemalige sächsische Kanzleisprache Luthers ist u. a. deshalb so verständlich, weil sie von

den Kolonisten der Ostgebiete beeinflußt ist, die im Mittelalter aus dem Westen, Norden und Süden Deutschlands kamen.
Die Muttersprache ist die lebendigere, die originellere Redeweise, sie ist gefühlvoller und bildreicher als die nivelliertere Hochsprache. In der Muttersprache sagt man – wie Professor Friebertshäuser einmal vermerkte – nicht »arm«, sondern »arm wie eine Kirchenmaus«; da ist man nicht »entzückt«, sondern man »freut sich wie ein Schneekönig« etc.. Die Muttersprache ist schöpferischer als die Hochsprache, sie ist sozusagen ständig unterwegs, paßt sich schneller an, ist nicht abgeschlossen, in ihr läßt sich differenzierter und pointierter formulieren und sie besitzt mehr Anschaulichkeit und Taufrische.
Max von Schenkendorf äußerte sich dazu in einem Gedicht, dessen erste und die dritte Strophe Wesenhaftes treffen:

1. Muttersprache, Mutterlaut
wie so wonnesam, so traut.
Erstes Wort, das mir erschallet,
süßes erstes Liebeswort.
Erster Ton, den ich gelallet
klinget ewig in mir fort.

3. Sprache schön und wunderbar,
ach, wie klingest du so klar,
will noch tiefer mich vertiefen
in den Reichtum, in die Pracht,
ist mir's doch, als ob mich riefen
Väter aus des Grabes Nacht.

Das Wort »Muttersprache« hat größere Beständigkeit als das Wort »Vaterland«, das oft arg mißbraucht wurde und deshalb in seinem Wert ziemlich zurückgenommen ist. Wie bei der Mutter – sofern sie eine ist – Geborgenheit, Schutz und Seele gefunden wird, so auch in ihrer Sprache, in der wir uns als Kinder zuerst äußerten, in der wir dachten und träumten. In der Muttersprache finden wir ein Stück Erinnerung an das, was nach Ernst Bloch tief in die Kindheit zurückreicht: Heimat. In ihr schwingt eine Saite jener rückwärtsgewandten Sehnsucht nach, die Wohlbefindlichkeit hervorbringt. Wohl dem, der sie zum Klingen bringen kann! Wenn man die mundartspezifische Sprache der Mutter benutzt, dann redet man in der höchsten Erscheinungsform des objektiven Geistes und der subjektiven Seele, dann formuliert man aus der Identifikation mit sich selbst. Goethe meinte sogar: »Der Dialekt ist das Element, in welchem die Seele ihren Atem schöpft.« Muttersprache ist mithin das verläßlichste Transportmittel von Empfindungen und Gedanken vom Ich zum Du. Karl Schaffnit äußert sich in Darmstädter Mundart dazu:

E Heiner, der so vornehm red't,
Sei Muttersprach' veracht't,
Der kummt mer vor wie aaner, der
Sei Mutterche verlacht.

De Dialekt is 's Mutterche,
Des Schriftdeitsch kam zuletzt.
Ei! is es annerst? Hot mer net
Vorm Schreiwe – erst geschwätzt?

Lassen wir es deshalb nicht zu, daß die Hochsprache, die durch unsere großen Dichter und Literaten so niveauvoll ausgestaltet wurde, in den Massenmedien verarmt! Der sicherste Weg dazu ist ihre stete Erneuerung durch die Muttersprache, die Mundart.
Im Lateinischen sprach man von dem »patrius sermo«, von dem »Vaterwort«. Im Mittelalter war schon der Begriff »materna lingua« eingeführt worden, den 1525 Luther übersetzt »aus rechter Mutter

Sprach«. Muttersprache und Dialekt dürfen wir nicht verachten, auch wenn sich gelegentlich in der Schule Grammatik und Rechtschreibung davon unterscheiden, ja sogar Differenzen hervorrufen. Gerade darin liegt ja der besondere Wert, daß durch die »Zweisprachigkeit« Vergleiche möglich werden, daß Erklärungsbedarf entsteht, mithin Nachdenken über die Sprache gefördert und eine bessere und reichere sprachliche Qualifikation ermöglicht wird. Eltern, die ihren Kindern optimale Notenbilder in der Schule garantieren möchten, verhunzen oft mehr die Sprache als sie wollen, indem sie Dialekte als störend ausklammern.
Viele, die mit der Sprache vorzüglich umgehen, sind in ihrer Kindheit oft nur dem Dialekt begegnet. Die Sprache der Frau Aja war für ihren berühmten Sohn Johann Wolfgang Goethe ein offenbar nie versiegender Brunnquell. Mit dem Dialekt werden Kinder gewappnet gegen Sprachverwirrung, Sprachmißbrauch, Sprachverbiegung, Sprachverarmung, ja gegen Sprachlosigkeit.
Die Muttersprache transportiert aber auch in besonderer Weise den Mutterwitz. Das Wort »Witz« bedeutete ursprünglich soviel wie Verstand, Geist, Klugheit. Vom Mittelhochdeutschen her steckt das Wort »Wissen« darin. Es kommt dann aber sehr schnell zur Begriffsverengung im Sinne von »Esprit«, d. h. also, der Fähigkeit, überraschende und treffende Gedankenverbindungen herzustellen, die irgendwie logisch und doch neu erscheinen und mithin zum Staunen veranlassen. Damit ist die Darstellung einer Begebenheit gemeint, die zu einer Pointe, zu einem so nicht erwarteten Ende und überraschenden Ausgang kommt.
Mutterwitz entlarvt nicht nur den, um den es geht, sondern auch die, die drumherum stehen. Stets führt der Mutterwitz zum Lachen; er ist schlagfertig, fertigt einen Erzählvorgang mit einem Schlag ab. Allerdings ist hier nicht der »kleine Witz« gemeint, der im allgemeinen nur in geschlossenen Gesellschaften entsteht, der einer Zensur unterliegt, einem gewissen Redeverbot. Diese Art von Witz, d. h.

die Kurzformel von Wahrheiten in Bildern, dient dem »Dampf ablassen« aus dem permanenten Druck. Witze entstanden und entstehen in Diktaturen, aber auch in der stark hierarchisierten Kirche, in den Rabbinatsschulen etc., wo sie die sonst nicht zur Sprache kommenden Inhalte zum Ausdruck brachten und bringen.
Mutterwitz meint mehr. Die Mutter, die symbolhaft »Ursprung« bedeutet, bringt Neues hervor. Was ungebrochen und spontan aus dem inneren Quell des Herzens kommt und eine Sache überraschend und treffend auf den Punkt bringt ohne Situationskomik zu scheuen, ist Mutterwitz. Diese den Ursprüngen nahe Äußerungsweise bringt plötzlich etwas in verdichteter Form zum Ausdruck, was man in einer ganz neuen Sichtweise eindeutig begreift, obwohl es verdeckt oder im Bild gesagt wird. Als Beispiel möge »De Schwips« von Rudolf Dietz genügen:

Met seim klane Lips'che saß
letzt de Schorsch beim Schoppeglas.

»Saa mol, Vatter«, freht de Lips,
»was is eigentlich e Schwips?«

Saat de Vatter: »Sieste da,
a dem Disch, do sitze zwaa.

Siehste awwer, liewer Lips,
vier dort sitze, hosten Schwips!«

»Vatter«, saat dem Schorsch sei Klaaner,
»ei do sitzt jo doch nur aaner!«

Es geht also bei der Muttersprache wie beim Mutterwitz um die Ursprünglichkeit der Aussage, um Unverfälschtes, um Treffendes,

Wahres, was man möglicherweise anders so gar nicht sagen kann oder will. Dabei spielt das Lachen und das Lächeln eine große Rolle etwa im Sinne von Christian Morgenstern, der meinte, »Lachen und Lächeln sind oft Tor und Pforte, durch die viel Gutes in die Menschen einkehren kann«.
In einem Poesiealbum konnte man den Sinnspruch finden, der in naiv-redlicher und doch tiefgründiger Weise formuliert:

Lache eas gesond, moin Kloaner,
dudgelacht hot sich noch koaner.
Wann's aach schwierfällt, lache doch,
flenne kannsde immer noch.

Mit dem Mutterwitz insbesondere in der Muttersprache wird auch so etwas wie Humor deutlich. Humor ist nicht das, was man so oberflächlich definiert als »trotzdem lachen«. Das »trotzdem« läßt ja gerade oft das Lachen vergehen. Schicksalsschläge wie Krankheit oder gar Tod im Familien- und Freundeskreis, beruflicher Ärger, menschliche Enttäuschungen, das alles kann uns das Lachen sehr wohl im Halse ersticken lassen.
Dennoch: lachen ist gesund! Man kann das Lachen jedoch nicht verordnen, auch nicht in der Fastnacht. Doch gibt es gerade bei diesem Anlaß die Gelegenheit, um in kurzer, treffender, bilder- und phantasiereicher Muttersprache elementare Wahrheiten lustig, lustvoll und neu zu sagen und zu pointieren.
Mutterwitz ist meist an etwas Anekdotenhaftes gebunden. In bedenklichen Situationen für den Starken fragt der Schwache oder der angeblich Dümmere scheinbar naiv. Der Überlegene, der Erfahrene, der Angesehenere, der angeblich Stärkere antwortet oft so, daß er sich selbst entlarvt. Die überraschende Weise, in der das geschieht, führt zum Lachen, zum Lächeln, zum Schmunzeln und dies entspannt, ist gesund.

Quellennachweis

Bickelhaupt, Greta. In: Ds Schlappmaul aus de Owwergass. Karl Brodhäcker-Verlag, Ulrichstein, 1984.
Bossong, Franz. In: Lachende Heimat. Nero-Verlag, Wiesbaden, 1955.
Brodhäcker, Karl. In: Nee, so ebbes! Karl Brodhäcker-Verlag, Ulrichstein, 1983.
Brückl, Reinhold. In: Nix Gewisses waas mer net. Haag + Herchen Verlag, Frankfurt/Main, 1976.
Dietz, Martin. In: Debbegucker un Jwwergescheire. AG Heimatmuseum Bergen-Enkheim e.V. (Hrsg.), 1980 und: Ds Schlappmaul aus de Owwergass. Karl Brodhäcker-Verlag, Ulrichstein, 1984.
Dietz, Rudolf. In: Lachende Heimat. Nero-Verlag, Wiesbaden, 1955 und Ds Schlappmaul aus de Owwergass. Karl Brodhäcker-Verlag, Ulrichstein, 1984.
Dinkel, Peter W. In: Kleine Bettlektüre für Leut, die e hessisch Herz uff de Zung habbe. Scherz-Verlag, Bern-München-Wien.
Dönges, Lutz. In: Prost Hessegebräurer. Karl Brodhäcker-Verlag, Ulrichstein, 1983.
Eberhardt, Oskar. 1901.
Ettlinger, Karl. In: Kraut unn Riewe. Georg Müller-Verlag, München und Leipzig, 1907.
Feldmann, Hanna. In: Klaanichkeite vom Flohmarkt und: E Johr Dehaam. Walkmühlen-Verlag, Usingen, 1983 und 1984.
Friebertshäuser, Hans: Das hessische Dialektbuch, München 1987.
Fries, Erich. In: Lachhannes. Heinz P. Müller, Frankfurt am Main, 1976.
Frohwein-Büchner, Martha. In: Grine Krozze. Karl Brodhäcker-Verlag, Ulrichstein, 1980.
Geibel, Peter. In: Ds Schlappmaul aus de Owwergass. Karl Brodhäcker-Verlag, Ulrichstein, 1984; und: Rege und Sunneschoi. Gießen, 1906.
Glänzer, Annleis. In: Schwälmer Jahrbuch. Schwälmer Heimatbund e.V., Ziegenhain (Hrsg.), 1990.
Heilgers, Rudolf. In: Ds Schlappmaul aus de Owwergass. Karl Brodhäcker-Verlag, Ulrichstein, 1984.
Helfrich, Horst. In: Gemorje Aach. Frankfurter Societäts-Druckerei, 1986.
Henkel, Werner. In: Gereimtes en Laenschelder Platt. Trachten- und Volkstanzgruppe Schenklengsfeld (Hrsg.), 1982.
Heß, Georg. In: Die Speckschwort. Karl Brodhäcker-Verlag, Ulrichstein, 1984.
Hummel, Josef. In: Heckmann, Michel (Hrsg.) Typisch Hessisch.
Jacoby, Wilhelm. In: Lachende Heimat. Nero-Verlag, Wiesbaden, 1955.
Kauschat, Emma. In: Der Wutzeritt. Selbstverlag, 1989.
Koch, Reinhart. In: Gelle do lachste!. Carl Bindernagel Verlag, Friedberg; und: Grine Krozze. Karl Brodhäcker-Verlag, Ulrichstein, 1980.
Kranz, Johann Heinrich und Schwalm, Johann Heinrich. In: Kreizschwerneng, Spaß muß seng! Verlag Schwälmer Heimatbund e.V., Ziegenhain, 1985.
Lohn, Georg. In: Romantik und Kopfsteinpflaster. Schlitz, 1984.
Lungershausen, Karl. In: Lachendes Lossetal. Selbstverlag, 1981.
Martin, Bernhard. In: Musicassette der Licher Brauerei. Lich, 1984.

Marx, August. In: Hans Sarkowicz (Hrsg.) An Dichterhand durchs Hessenland. Konrad Theiss Verlag, Stuttgart, 1984.
May, Julius. In: Schwälmer Jahrbuch. Schwälmer Heimatbund e.V., Ziegenhain (Hrsg.).
Müller, H. P. In: Lachhannes. Selbstverlag, Frankfurt/Main, 1976.
Nielk, Otto. In: Lachende Heimat. Nero-Verlag, Wiesbaden, 1955.
Otto, Dieter. In: Umma, sprichd dos Hänschen (...). Selbstverlag, Metze.
Pfeiffer, Wilhelm. In: Dä Jüngen, jöhd mich meh! und: Sifft hä dann?. Dieter Otto (Hrsg.), Selbstverlag, Metze.
Philipps, Wilhelm Konrad. In: Grine Krozze. Karl Brodhäcker-Verlag, Ulrichstein, 1980 und: Ds Schlappmaul aus de Owwergass. Karl Brodhäcker-Verlag, Ulrichstein, 1984.
Reinhardt, Karl. In: Handkäs mit Musik. Karl Brodhäcker-Verlag, Ulrichstein, 1982.
Reitz, W. und Dern, H. (Hrsg.) In: Offgeschnappt – Higeschrewwe. Böckmann-Druck, Münster/Westfalen, 1987.
Rübsamen, Otsch. In: Lustige Owerhesse. Verlag Heinrich Zohner, Gießen, 1972. Und: Die Hessentruhe. Selbstverlag, 1972.
Rühle, Ludwig. In: Eich will dr mol n Spass verzehl!. Nero-Verlag, Wiesbaden, 1965.
Ruppel, Heinrich und Schwalm, Johann Heinrich. In: Schnurrant aus Hessenland. Bernecker Verlag, Melsungen, 1933.
Schaffnit, Karl. In: Allerhand Späss'. Kommissionsverlag, Darmstadt.
Scheidemann, Philipp (Pseudonym: Henner Piffendeckel). In: Sprache in Hessen; Hessische Blätter für Volks- und Kulturforschung Bd. 11/12, Wilhelm Schmitz Verlag, Gießen, 1981.
Sprache in Hessen, Hessische Blätter für Volks- und Kulturforschung, Bd 11/12, Hrsg. durch Rosemarie Schanze, Gießen 1981.
Steinacker, Hans. In: Mi Schlitzerland. Elisabeth Steinacker (Hrsg.), Schlitz, 1980.
Stoltze, Adolf. In: Allerlei Heiteres in Frankfurter Mundart. Verlag Waldemar Kramer, Frankfurt/Main, 1982.
Stoltze, Friedrich. In: Werke in Frankfurter Mundart. Verlag Waldemar Kramer, Frankfurt/Main, 1961.
Strouhs, K. E. In: H. P. Müller (Hrsg.) Frankfurter Winterbichelche, Frankfurt, 1929.
Stümpfig, Erich. In: Die Hessentruhe. Selbstverlag, 1972 und: Nee, so ebbes! Karl Brodhäcker-Verlag, Ulrichstein, 1983.
Ullrich, Fritz. In: Merr sacht ja nix, merr redt ja nor. Irene Bürger Verlag, Offenbach, 1988.
Vogt, Günther. In: Hessen wie es lacht. Verlag Weidlich, Frankfurt/Main, 1973.
Wege, Katharina. In: Hessische Mundartgedichte. Selbstverlag.
Walter, Wilhelm H. In: Die Speckschwort. Karl Brodhäcker-Verlag, Ulrichstein, 1984.
Weil, Conrad. In: Debbegucker un Jwwergescheire. AG Heimatmuseum Bergen-Enkheim e.V. (Hrsg.), 1980.

Weinberger, Wilhelm. In: Helmut Grün und Helmut Weinberger (Hrsg.) Un alleweil enoff! Karl Brodhäcker-Verlag, Ulrichstein, 1988.

Weisbecker, Walter. In: Äppelwein un Äppelcher und: Frisch aus de Kelter. Verlag Waldemar Kramer, Frankfurt/Main, 1975 und 1978.

Winter, Heinrich. In: Ds Schlappmaul aus de Owwergass. Karl Brodhäcker-Verlag, Ulrichstein, 1984.

Witte, Hedwig. In: Rheingauer Auslese. Verlag Waldemar Kramer, Frankfurt/Main, 1991.

Karte Seite 21: Dingeldein, Heinrich J. u.a. In: Hessisches, Hans Friebertshäuser zum
60. Geburtstag. Schriften der Universitätsbibliothek Marburg Nr. 46, 1989.

